Von Werner Hüper sind außerdem erschienen:

Die junge Frau mit Körbchen C ….
und die ganze Welt in Versen
ISBN: 9783734752872

*

Golf – Terrassengespräche
Berichte vom 19. Loch
ISBN: 9783734761454

Werner Hüper

Falsche Freunde

Kriminalroman

Impressum:

Bibliografische Information der Deutschen Nationalbibliothek:

Die Deutsche Nationalbibliothek verzeichnet diese Publikation in der Deutschen Nationalbibliografie; detaillierte bibliografische Daten sind im Internet über www.dnb.de abrufbar.

© 2015 Werner Hüper

Herstellung und Verlag: BoD – Books on Demand, Norderstedt

ISBN: 9 783 738 616 743

Es ist besser, sich mit zuverlässigen Feinden
zu umgeben, als mit unzuverlässigen Freunden.

John Steinbeck

1

Luigi di Manta hatte sich mit seinem Freund und Partner Carlo Dolcini in das gemütliche Nebenzimmer des Restaurants ‚Il Cortile' in Rosenheim zurückgezogen. Das ‚Il Cortile', das seit mehr als fünfzehn Jahren für seine hervorragende frische mediterrane Küche weit über Rosenheim hinaus bekannt war, verfügte nicht nur über eine ansehnliche Zahl von Stammgästen italienischer Herkunft, auch die Einheimischen wussten den perfekten Service und das angenehme Ambiente zu schätzen. Der Wirt, Giovanni Bertoni, war mit seinem Team immer ein Garant für einen harmonischen Abend und überraschte häufig mit lukullischen Höhepunkten. Seine gastronomische Karriere hatte er in Bologna begonnen, wo er im ‚Ristorante Pappagallo', einem der besten Restaurants in der Region, eine Ausbildung als Koch absolvierte. Wie man weiß, hat die Emilia Romagna von allen italienischen Regionen die weltweite Vorstellung von der italienischen Küche am stärksten beeinflusst. Was man unter italienischer Kochkunst kennt, hat seine Ursprünge in dieser Region. Dies sollten, wie Giovanni Bertoni meinte, beste Voraussetzungen sein, um auch in Oberbayern mit gehobener italienischer Küche zum Erfolg zu kommen. Den konnte Giovanni schon nach kurzer Zeit verbuchen. Mit seinen für die Emilia Romagna typischen Pasta-Gerichten wusste er auch bayerische Gaumen in Verzückung zu versetzen, die wohl eher an rustikale ‚Bayrische Schmankerln' gewöhnt waren. Auch wenn die Biere der Schlossbrauerei Maxlrain für Giovannis Geschmack einen zu hohen Anteil an seinem Getränkeumsatz hatten, war er mit seinen Gästen hoch zufrieden. Die Vorliebe für seine exzellenten Weine aus den bevorzugten italienischen Anbaugebieten würde er ihnen schon noch vermitteln. Der Weinkeller, den er im Laufe der Jahre mit über 700 Flaschen der besten Tropfen bestückt hatte, sollte sich schließlich irgendwann bezahlt machen. Die Einrichtung des Restaurants in toskanischem Stil trug das ihre zu der allseits geschätzten Wohlfühlatmosphäre im ‚Il Cortile' bei. Besonders beliebt war ein gemütliches Nebenzimmer, das für kleinere Feiern und vertrauliche Besprechungen bestens geeignet war. Bei Bedarf konnte man dieses Nebenzimmer auch über einen netten kleinen Innenhof erreichen, der vom Restaurant aus nicht einsehbar war. Im Sommer hatte der Wirt den Innenhof mit einer Reihe von Topfpflanzen, wie z.B. Zypressen, Oleander und Zitronenbäumen, verschönert, so dass man sich an heißen Tagen unter den Sonnenschirmen aus weißem Segeltuch an lauschige Abende während des letzten Italienurlaubs erinnert fühlte. So wunderte es auch nicht, dass an diesen Tagen dem Gavi di Gavi, den Giovanni zu einem reellen Preis als Hauswein anbot, besonders zugesprochen wurde.

Luigi war ein Mann, wie man sich einen Norditaliener vorstellt: Mitte 40, groß, schlank und sehr gepflegt. Seine etwas zu langen schwarzen Haare hatte er straff nach hinten gekämmt und mit Hilfe einer angemessenen Portion Brillantine veranlasst, dort auch zu bleiben. Mit seinem gepflegten Dreitagebart hätte er jedes Werbefoto für Herrenkosmetik aufwerten können. Seine Intention war jedoch nicht, Menschen durch Werbung zu überzeugen, seine Methode, an das Geld von anderen Leuten zu kommen, war aus seiner Sicht subtiler und sehr effektiv. Durch seine ausgefeilten Manieren und sein überzeugendes, höfliches Auftreten hatte er das Image eines erfolgreichen und korrekten Geschäftsmannes begründet. Dass er in allen geschäftlichen Angelegenheiten kompromisslos vorging und seine Forderungen unnachgiebig durchzusetzen wusste, hatten etliche seiner zum größten Teil unfreiwilligen Partner schon auf schmerzhafte Weise erfahren. Die Tatsache, dass sich manche der erfolgreichen Maßnahmen am Rande oder sogar jenseits der Legalität abgespielt hatten, löste bei ihm keinerlei Bedenken aus. Im Gegenteil, jeder ‚Geschäftsvorgang', den er auf diese Weise zu einem guten Ende geführt hatte, stärkte sein ohnehin schon sehr ausgeprägtes Selbstbewusstsein.

Luigi war in Mailand aufgewachsen und hatte aus seiner Jugendzeit ein paar gute Freunde, zu denen er über Jahre hinweg immer intensiven Kontakt hielt. So war auch seine Gewohnheit einzuordnen, mindestens alle 6 - 8 Wochen ein paar Tage in Mailand zu verbringen. Seine Freunde waren in den verschiedensten Branchen tätig, allerdings mit sehr unterschiedlichem Erfolg. Er selbst hatte Mailand vor etwa 10 Jahren verlassen, um eine italienische Schmuckfirma in Bayern zu vertreten. Sprachschwierigkeiten gab es nur selten, Luigi hatte leidliche Deutschkenntnisse, die er nach seinem Start in Bayern zielstrebig verbesserte. Von Grammatik hielt er zwar nicht viel, was aber in Bayern angesichts der landestypischen Grammatikschwäche, die fälschlicherweise häufig mit dem Dialekt erklärt wird, nicht weiter ins Gewicht fiel.

Um das makellose Äußere seiner Erscheinung sicherzustellen, bevorzugte Luigi die aktuellste Mode, die er bei seinen regelmäßigen Besuchen in Mailand zu beschaffen pflegte. Seine Anzüge ließ er sich bei Ermengildo Zegna schneidern, wo er in der hauseigenen Maßschneiderei ein geschätzter Kunde geworden war. Normalerweise wählte er edelste Stoffe in dunkelgrau oder nachtblau, jeweils mit Nadelstreifen. Lediglich in den Sommermonaten trug er helle Stoffe, für die er mit Seide veredeltes Leinen verarbeiten ließ. Den Abstecher in die Werkstätten von Zegna nach Trivero im Piemont verband Luigi meistens mit einem umfangreichen Weineinkauf im Weingut Borgogno im kleinen Dorf Barolo, das als Namensgeber für einen der großartigsten Weine der Welt bekannt ist.

Zurück in Mailand versäumte Luigi nicht, die Corso Matteotti Nr.1 aufzusuchen, wo er bei Gravati das bestens zu seinem Outfit passende Schuhwerk anfertigen ließ. Für ihn verstand es sich von selbst, dass zu seinen Maßanzügen ausschließlich handgefertigte Schuhe getragen werden konnten.

In Deutschland fühlte sich Luigi nach einer gewissen Eingewöhnungszeit äußerst wohl. Durch die Nähe zur Schmuckbranche und der dort anzutreffenden Klientel bekam er sehr schnell tiefen Einblick in die Lebensgewohnheiten der Schickimicki-Gesellschaft in Oberbayern. Ebenso schnell wuchs bei ihm der Wunsch, sich vergleichbare Rahmenbedingungen für ein komfortables Leben zu schaffen. Das jedoch mit möglichst geringem Aufwand. München und Oberbayern schienen ihm äußerst geeignet, seine Geschäftsidee umzusetzen. Hier sah er jedenfalls die Chance, genügend fleißige, erfolgreiche Menschen anzutreffen, die für sein Luxusleben sorgen würden. Ein wenig nachhelfen müsste er allerdings schon.

Dieses aus seiner Sicht geniale Konzept hatte er im Laufe der Jahre perfektioniert. Eine wichtige Säule seines Erfolges war Carlo, der inzwischen für die Umsetzung seiner Strategie unverzichtbar geworden war. Es gab nämlich im Laufe der Zeit immer wieder Aufgaben, die erledigt werden mussten, um den einen oder anderen unseriösen Plan zu realisieren. Und für derlei Angelegenheiten war sich Luigi zu schade. In diesen Fällen bediente er sich seines ihm uneingeschränkt ergebenen Helfers.

Wenn das geflügelte Wort ‚Gegensätze ziehen sich an' irgendwann zutreffen sollte, dann bei Luigi und Carlo. Carlo, der mit seinen Eltern vor vielen Jahren aus Sizilien nach Deutschland gekommen war, stellte das genaue Gegenteil von Luigi dar. Natürlich litt Carlo unter der in Sizilien häufig anzutreffenden geringen Körpergröße, die besonders ins Gewicht fiel, weil er wegen seiner Vorliebe für italienische Süßspeisen ein nicht zu seiner Körpergröße passendes beachtliches Gewicht auf die Waage brachte. Dieser Neigung, süße Leckereien allzu häufig unbeherrscht auch in größeren Mengen zu verzehren - insbesondere dem mit Amaretto verfeinerten Tiramisu von Giovanni konnte er nicht widerstehen - und seinem Nachnamen Dolcini hatte er den Spitznamen ‚Der Süße' zu verdanken. Das störte ihn zwar sehr, es war aber nicht zu ändern.

Hinzu kam, dass er eine relativ hohe Stirn zu beklagen hatte, die ihn im Vergleich zu seinem Partner Luigi wenig dynamisch erscheinen ließ. Wer ihn näher kannte, wusste allerdings, dass er sehr wohl energisch und bestimmt auftreten konnte, jedenfalls wenn er im Namen von Luigi Aufträge erledigte, was für die Betroffenen durchaus sehr unangenehm sein konnte. Bei der Umsetzung dieser Vorgaben spielte es auch keine Rolle, dass Carlo auf sein Äußeres weniger Wert legte, was ohnehin nur deutlich wurde, wenn er neben seinem Partner Luigi gesehen wurde. Diese Unterschiede in Mentalität und Erscheinung taten der intensiven und erfolgreichen Zusammenarbeit keinen Abbruch.

Zum Wirt des ‚Il Cortile', Giovanni Bertoni, unterhielten die beiden eine innige und lukrative Geschäftsbeziehung. Durch das regelmäßig im Auftrag der Mafia zu kassierende Schutzgeld war so etwas wie ein Hausrecht entstanden, das insbesondere Luigi di Manta auch deshalb zu schätzen wusste, weil er mit dem ‚Il Cortile' über ein Etablissement verfügte, in dem er ungestört geschäftliche Besprechungen durchführen konnte, was ein ums andere Mal zur Durchsetzung seiner Interessen von besonderer Bedeutung war.

Giovanni Bertoni wiederum ertrug diese Geschäftsbeziehung, weil ihm keine andere Wahl blieb. Ihm wurde vor gar nicht langer Zeit drastisch vor Augen geführt, dass von der Ablehnung eines derartigen intensiven Kontakts dringend abzuraten ist. Einer seiner engsten Freunde, der sein Auskommen mit einer Pizzeria in Bad Aibling hatte, war so verwegen, das unmissverständliche Angebot, von italienischen Freunden beschützt zu werden, auszuschlagen. Die Pizzeria befand sich kurz danach in einem erbärmlichen Zustand, der eine Totalrenovierung erforderlich gemacht hätte. Auf diese Renovierung verzichtete der Freund aus naheliegenden Gründen. Er war nämlich wegen schwerer körperlicher Gebrechen nicht mehr in der

Lage, sein Restaurant zu führen. Es erübrigt sich der Hinweis, dass seine Gesundheit zufällig genau zu dem Zeitpunkt in Mitleidenschaft gezogen wurde, als auch sein Lokal durch den Besuch relativ aufdringlicher Landsleute demoliert wurde.

Das Treffen von Luigi und Carlo hatte heute einen besonders wichtigen Anlass. Heute erwarteten sie eine Zahlung in Höhe von 100.000 Euro - steuerfrei. Auf diesen Tag hatten sie eine ganze Weile hingearbeitet, und nun sollte sich zeigen, ob ihr Plan aufgehen würde.

Neben der Betreuung von etlichen italienischen Restaurants in der Region, die sich in den zuverlässigen Schutz der Mafia, die natürlich auch in Südbayern repräsentativ vertreten war, begeben hatten, waren die Freunde entschlossen, sich nach einem zweiten Standbein umzusehen, mit dem sie weitere Einnahmen würden generieren können. Nach dem, was man so über die Mafia, deren Führungsstruktur und Methoden wusste, konnte die bisherige Tätigkeit für sie nicht als besonders krisensicher angesehen werden. Da war es schon besser, wenn man sich nach zusätzlichen Ertragsquellen umsah.

Die regelmäßigen Besuche bei den in ihrem Verantwortungsbereich liegenden Restaurants, Pizzadiensten und Bars bedingten zwar einen erheblichen Zeitaufwand, es blieb aber immerhin genügend Zeit, um mit illegalem Glückspiel ein hübsches Nebeneinkommen zu erzielen. Die Bosse der Mafia hatten das großzügig toleriert, weil die beiden ansonsten als äußerst zuverlässig, belastbar und erfolgreich galten. Von den Glücksspielerträgen mussten sie nur 50% abführen, was sie als sehr anständig empfanden. Bei den Schutzgeldern sah die Sache natürlich anders aus. Da gab es einen Verteilerschlüssel, der Luigi und Carlo zwar einen angemessenen Lebenswandel garantierte, der Anteil am Gesamtaufkommen für die beiden lag jedoch deutlich unter 50%.

Vor ungefähr zwei Jahren hatte Luigi bei einem seiner Besuche in der Spielbank Bad Wiessee einen neuen ‚Spielpartner' gewonnen. Die Spielbanken in Bad Wiessee, Bad Reichenhall und Salzburg waren regelmäßige Ziele für Luigi, der den Besuch einer Spielbank für das geeignete Mittel hielt, den einkassierten Schutzgeldern eine legale Existenz zu verschaffen. Den Begriff Geldwäsche vermied er. Zur Tarnung nahm er an den Roulettetischen ebenso gern Platz, wie er sich an den beliebten Pokerrunden beteiligte. So kam es auch vor, dass er den einen oder anderen Spielbankbesucher für ein privates Spielchen interessieren konnte, das in unregelmäßigen Abständen im Séparée des ‚Il Cortile' anberaumt wurde. Man konnte sich ziemlich sicher sein, dass diese Abende und Nächte, in denen man sich am illegalen Spiel erfreute, vor den Ordnungshütern verborgen blieben. Jedenfalls tat Giovanni alles dafür; wer hätte ihm verdenken können, dass er um keinen Preis seine Konzession verlieren wollte. Außerdem war es sehr empfehlenswert, alles zu vermeiden, was hätte Luigi und Carlo verärgern können.

Der Vorzug des illegalen Spiels im Hinterzimmer - jedenfalls aus der Sicht Luigis - war es, dass man auf das in den öffentlichen Spielbanken übliche Limit verzichten konnte und so in viel kürzerer Zeit ansehnliche Gewinne zu verbuchen waren.

Luigi hatte also Anton Huber, genannt Toni, kennengelernt, der in Waldskofen im Mangfalltal größere Ländereien besaß und auf eigenem Grund und Boden einen herrlichen Golfplatz gebaut hatte. Diese an der Bar des Casinos erlangten Informationen und die unübersehbare Neigung des neuen Bekannten, beim Spiel auch höhere Risiken einzugehen, hielt Luigi für die geeigneten Voraussetzungen, Toni einmal in das Hinterzimmer des ‚Il Cortile' einzuladen, nicht ohne darauf hinzuweisen, dass sie dort mit einigen anderen durchaus seriösen Spielpartnern zusammentreffen würden.

Im Laufe der Zeit entwickelte sich daraus eine regelmäßige Einrichtung. Man traf sich alle zwei Wochen zu einem gepflegten Abendessen bei Giovanni und verschwand danach im Nebenzimmer, wo sich in aller Regel weitere 4-5 Herrschaften einfanden, um ihrem Spieltrieb freien Lauf zu lassen. Die wechselnden Mitspieler wurden meistens als enge Freunde Luigis vorgestellt, offensichtlich waren sie aber eher Geschäftspartner, die ähnlichen Geschäften nachgingen wie Luigi und Carlo. Toni fühlte sich in diesem Kreis sehr wohl. Er hatte häufig eine glückliche Hand, so dass das Pokerspiel nicht nur Spaß, sondern in den ersten Monaten immer wieder auch eine ansehnliche Summe Bargeld einbrachte. Dass das Glück nicht ständig anhalten konnte, war ihm durchaus bewusst. Nicht bewusst war ihm allerdings, dass genau dies Bestandteil der Strategie von Luigi und Carlo war. Dass Tonis Spielleidenschaft mit der Zeit außer Kontrolle zu geraten drohte, kam seinen vermeintlichen Freunden durchaus nicht ungelegen.

Zu Luigi und Carlo hatte sich inzwischen eine halbwegs stabile Freundschaft entwickelt, das war jedenfalls Tonis

Eindruck. So waren sie ihm sehr behilflich, wenn es darum ging, gegenüber seiner Familie einen plausiblen Vorwand für die häufige Abwesenheit zu finden, was zum Schluss ziemlich oft vonnöten war. Toni hatte zuletzt auffällig oft mit den unterschiedlichsten Gesprächspartnern geschäftliche Termine in den Abendstunden. Er hatte schließlich sowohl mit der Landwirtschaft als auch mit der Führung der Golfanlage viel zu tun. Da blieb es nicht aus, dass hin und wieder auch die Abendstunden genutzt werden mussten. Die Familie schöpfte jedenfalls keinen Verdacht. Toni genoss mittlerweile als regelmäßiger Gast im Hinterzimmer des ‚Il Cortile' in Rosenheim gewisse Vorzüge, für deren Erlangen es einer stabilen Vertrauensbasis bedurfte. So verließ er auch schon einmal den Ort des Geschehens, ohne seine Spielschulden, so wie es üblich war, sofort zu begleichen. Bei Bedarf wurde ihm ein ‚Zahlungsziel' eingeräumt, das er wegen seiner sich zunehmend schlechter entwickelnden Einnahmen aus Landwirtschaft und Golfanlage schon einige Male in Anspruch nehmen musste. Dass ihm dieses Entgegenkommen nicht aus reiner Freundschaft zuteilwurde, war zu diesem Zeitpunkt für ihn nicht erkennbar.

„Lass man Toni, kein Problem, du kannst später zahlen, wenn du wieder flüssig bist", erklärte regelmäßig Luigi, der Toni mit hintergründigem Lächeln jeweils ein Papier zur Unterschrift vorlegte. Hierbei handelte es sich um nicht weniger als ein Schuldanerkenntnis, das im Kleingedruckten eine Verzinsung von 10 % - pro Monat versteht sich - vorsah. Toni sah das tatsächlich als fair an, es blieb ihm schließlich auch keine andere Möglichkeit. Zu oft hatte ihm Luigi bedeutet: „Spielschulden sind Ehrenschulden und sofort zur Zahlung in bar fällig." Dem war kaum zu widersprechen.

Die freundschaftlichen Gefühle, die Luigi und Carlo für Toni empfanden, hielten sich in engen Grenzen, was sie gut zu verbergen vermochten. Sie gedachten vielmehr, aus dieser Verbindung über kurz oder lang beträchtlichen Vorteil zu ziehen. Zu diesem Zweck musste der Spielpartner aber über einen längeren Zeitraum ‚angefüttert' werden, wie sie es nannten. Toni musste ihnen vertrauen und auch bereit sein, größere Risiken einzugehen. Schließlich sollte sich der Plan, an dem sie arbeiteten, auch lohnen. So wie sich die Sache entwickelte, fühlten sie, dass sie auf dem richtigen Weg waren. Die Zeit arbeitete für sie.

Die Mitspieler bei den regelmäßigen Pokerrunden waren handverlesen. Sie stammten ausnahmslos aus dem Dunstkreis von Luigi, der sich im Laufe der Jahre eine ansehnliche Zahl von Gefolgsleuten herangezogen hatte, deren Unterstützung er auch für die vielfältigen Aufgaben brauchte, die er für die Mafia zu erledigen hatte. Es liegt in der Natur der Sache, dass diese Herrschaften im Allgemeinen nicht dazu neigten, es mit den Gesetzen allzu genau zu nehmen. Eine derartige Eigenschaft hätte bei der Erledigung der ihnen zugedachten Aufgaben nur gehindert. So war auch zu erklären, dass am Spieltisch die Dinge nicht einfach so hingenommen wurden, wie sie sich bei normalem Verlauf von Glückspielen ergeben würden. Alle in der Gunst Luigis stehenden Teilnehmer hatten im Glückspiel große Erfahrung nachzuweisen und waren in der Lage, Glückspiele berechenbar zu gestalten. Was immer das heißen mochte. Diese Fähigkeiten seiner Spielpartner sollten Toni zum Verhängnis werden. Eines Tages lief er nämlich in die geschickt vorbereite Falle.

An diesem Abend hatte Toni mehr als 10.000 Euro verloren. Mit den aufgelaufenen, noch nicht beglichenen Spielschulden von über 40.000 Euro stand er nun mit ca. 50.000 Euro in der Kreide, was seine ‚Freunde' angesichts der anhaltenden Pechsträhne Tonis natürlich sehr bedauerten. Da sie um seine prekäre Lage wussten, boten sie ihm einen, wie sie fanden, fairen Deal an.

„Toni, wir wollen dir helfen", begann Luigi mit seinem hinterhältigen Vorschlag, „du weißt, wir sind deine Freunde und als solche werden wir uns auch verhalten. Wir spielen noch ein letztes Spiel, mit dem du alle deine Probleme lösen kannst. Einsatz sind deine gesamten Spielschulden. Wenn du gewinnst, bist du deine Schulden los, wenn nicht verdoppeln sie sich. Das ist eine 50:50-Chance, die dir sicher selten geboten wird. Aber du weißt ja, wir wollen dir helfen."

Toni dachte nach, seine Liquidität befand sich in beklagenswertem Zustand. Erst in zwei Wochen würde er vom Club die nächste Rate für die Jahresspielgebühren für die Golfanlage erhalten, was das Konto bei der Deutschen Bank in Rosenheim, jedenfalls vorübergehend, entlasten könnte. Nach Lage der Dinge war nicht mit weiterem Entgegenkommen seiner Pokerfreunde zu rechnen. Er musste die Chance nutzen, um sich von den Spielschulden zu befreien. Und so schlecht war das Angebot ja auch wieder nicht. Warum sollte nicht gerade jetzt das Spielglück zurückkehren, das ihn ja wohl nur für eine kurze Phase verlassen hatte. „Also gut", antwortete er und begab sich voller Hoffnung in sein Schicksal.

Niemand an diesem Spieltisch hatte ernsthaft in Erwägung gezogen, Toni vielleicht eine reelle Chance zu geben, sich von seinen Schulden zu befreien. Im Gegenteil, die erfahrenen Mitspieler wussten genau, dass Toni sich verzocken würde. Da konnte man ja - wie schon oft praktiziert - etwas nachhelfen.

Und so geschah es.

Toni stand plötzlich vor einem Scherbenhaufen. Er war verzweifelt. Wo sollte er 100.000 Euro hernehmen? Während sich betretenes Schweigen am Tisch breit machte, bedeutete Luigi mittels einer Handbewegung, Toni möge mit ihm vor die Tür, in den kleinen Innenhof kommen. Toni folgte ihm.

„Du weißt ja, dass wir dich gerne unterstützen würden, die Spielschulden müssen wir jedoch außen vor lassen. Wir haben auch unsere Verpflichtungen und haben über derlei Geschäfte Rechenschaft abzulegen. Du unterzeichnest jetzt einen Schuldschein über 100.00 Euro, der in einer Woche fällig wird. Die Zinsen erlassen wir dir". Bei diesen Worten schlug Luigi Toni aufmunternd auf die Schulter.

„Und was passiert, wenn ich die 100.000 Euro nicht beschaffen kann?" fragte Toni besorgt.

„Das wird nicht passieren, es hätte nämlich Folgen für dich und deine Familie, die du dir lieber nicht vorstellen möchtest. Du bist heute in einer Woche, also Donnerstag, pünktlich um 20:00 Uhr hier und zahlst. Egal wie. Hast du das verstanden?"

Toni hatte verstanden. Der Ton, mit dem Luigi die Antwort formuliert hatte, ließ weder Zweifel noch Rückfragen zu.

„Du kannst sofort verschwinden, wenn ich deine Unterschrift habe. Deine Zeche übernehmen wir. Und denk dran, nächsten Donnerstag!" waren die letzten Worte, die Toni von Luigi zu hören bekam.

Nachdem er den ihm unter die Nase gehaltenen Schuldschein unterschrieben hatte, setzte Toni sich in seinen Audi A6 und verließ den Ort, an dem er soeben die Quittung für seine Spielleidenschaft erhalten hatte. Er sah keinen Ausweg, absolut keine Möglichkeit, der Katastrophe zu entgehen, auf die er unweigerlich zusteuerte.

Luigi und Carlo warteten also an diesem besagten Donnerstag im ‚Il Cortile' auf Anton Huber, dem Luigi unmissverständlich klar gemacht hatte, dass alles andere als pünktliches Erscheinen, und zwar mit 100.000 Euro, unangenehme Folgen nach sich ziehen würde.

Gegen 20:15 Uhr meldete Carlo Bedenken an:

„Luigi, glaubst du wirklich, dass er kommt?"

„Er wird kommen, ich denke, es ist ihm bewusst, dass es sehr ungesund für ihn wäre, uns zu versetzen". Luigi war es nicht gewohnt, dass Verabredungen mit ihm nicht eingehalten wurden. Er hatte den Ruf, äußerst ungehalten zu reagieren, wenn man mit ihm ‚Spielchen' machen wollte, wie er es nannte.

„Vielleicht wurde er aufgehalten, er wird schon noch kommen". Noch war Luigi fest davon überzeugt, dass Toni in den nächsten Minuten zur Tür hereinkommen würde. Doch die Zeit verging und Toni erschien nicht.

Luigi und Carlo hatten sich inzwischen bei Giovanni etwas zu essen bestellt. Carlo hatte großen Appetit auf Linguine mit Scampi und gedachte, anschließend sein heiß geliebtes Tiramisu zu genießen. Luigi achtete sehr auf seine Figur und bevorzugte deshalb abends eher Kost mit geringem Anteil an Kohlenhydraten. Seine Wahl fiel deshalb auf das Gemüse-Carpaccio mit Jakobsmuscheln. Auf eine Nachspeise hatte er die Absicht zu verzichten.

In der Küche wurde die Bestellung bevorzugt behandelt. Giovanni hatte im Lauf der Jahre erkannt, dass es besser war, Luigi nicht lange warten zu lassen. Das Essen war wie immer äußerst schmackhaft, so wie man es von Giovanni gewohnt war. Gegen 21:30 Uhr, Carlo hatte sich gerade sein Tiramisu einverleibt und von Toni gab es immer noch kein Lebenszeichen, war Luigi eine gewisse Nervosität anzumerken.

Giovanni brachte unaufgefordert zwei Gläser Prosecco-Grappa ‚Libera da Ponte', der 18 Jahre in Holzfässern veredelt wurde und zu Recht als einer der besten und rarsten Grappas überhaupt gilt.

„Geht aufs Haus", bemerkte Giovanni, er war sich schließlich der Bedeutung der Gäste bewusst, ahnte jedoch nicht, warum besonders Luigi heute etwas angespannt wirkte.

„Er kommt bestimmt nicht mehr", wiederholte Carlo seine Befürchtungen. „Was ist, wenn er das Geld nicht beschaffen konnte?"

„Dann hätte er sich melden müssen!" fuhr Luigi ihn eine Spur zu aggressiv an. „Außerdem lassen wir ihm das nicht durchgehen, seine Familie hat genug Kohle."

Da Toni auch telefonisch nicht zu erreichen war - es meldete sich nur die Mailbox - beschloss Luigi, Toni kurzfristig einen Besuch abzustatten, an den der sich noch lange würde erinnern können. So ging man schließlich nicht ungestraft mit ihm um.

Nach Lage der Dinge würden sie wohl heute noch eine Weile im ‚Il Cortile' bleiben müssen, deshalb bestellte Luigi bei Giovanni eine Flasche Barolo, Jahrgang 98, und zwei Gläser, um mit Carlo in aller Ruhe die weitere Vorgehensweise zu besprechen.

Es ging schließlich darum, an die 100.000 Euro zu kommen und gleichzeitig dem Zockerfreund Anton Huber ein paar Unannehmlichkeiten zu bereiten.

***

2

Anton Huber war auf dem Hof seiner Eltern in Hallbergmoos aufgewachsen. Den Hof führte sein Vater, Korbinian Huber, bereits in dritter Generation. Der hatte, nachdem ihm der Hof Mitte der 50er Jahre überschrieben wurde, den Betrieb auf reinen Ackerbau umgestellt und auf die von seinem Vater noch betriebene Viehwirtschaft verzichtet.

Antons vier Jahre ältere Schwester Maria hatte nach der Grundschule in Hallbergmoos das Dom-Gymnasium in Freising besucht und mit einem sehr guten Abitur abgeschlossen. Nach ihrem BWL-Studium heiratete sie den Besitzer eines Reit- und Zuchtbetriebes in Bad Füssing, den sie während ihres Studiums in München an der Ludwig-Maximilians-Universität kennengelernt hatte.

Die schulischen Leistungen Antons hielten sich im Vergleich zu denen seiner Schwester durchaus in Grenzen, deshalb bekam er von seinem Vater die Empfehlung: „Toni, du wirst ja einmal den Hof übernehmen, deshalb gehst du zur Mittelschule und machst den Realschulabschluss."

Das passte Toni gar nicht, warum sollte er mit einer schlechteren Ausbildung zufrieden sein, als sie seiner Schwester ermöglicht wurde? Dass ihm die Voraussetzungen für ein passables Abitur fehlten, was seine Eltern längst erkannt hatten, wollte er nicht wahrhaben.

„Nach der Schule wirst du in einem befreundeten Ausbildungsbetrieb Landwirt lernen. Dazu wird es wohl reichen. Anschließend besteht immer noch die Möglichkeit, an der Fachhochschule in Freising Landwirtschaft zu studieren."

Dies war kein guter Rat, sondern schon eher eine Entscheidung. Es kam so, wie Antons Vater Korbinian es für richtig hielt.

Nachdem Anton auf einem Hof im Landkreis Erding seine Ausbildung abgeschlossen hatte, studierte er wie geplant ab dem Studienjahr 1982/83 Landwirtschaft an der Fachhochschule Weihenstephan. Während des Studiums wohnte er zunächst auf dem Hof seiner Eltern in Hallbergmoos. Doch dort kündigten sich Veränderungen an, die seit Mitte der 60er Jahre bereits im Gespräch waren. 1969 wurde endgültig beschlossen, den neuen Münchner Flughafen im Erdinger Moos zu bauen, was in der Folge für die Familie Huber die Aufgabe des Hofes bedeutete. Mitte der 80er Jahre wurde endlich trotz einer großen Zahl von Klagen und zeitraubender gerichtlicher Auseinandersetzungen mit dem Bau begonnen. Korbinian Huber hatte dem Entschädigungsangebot zugestimmt und seinen Besitz aufgegeben. Von dem Erlös kaufte er sich in Waldskofen im Mangfalltal ein landwirtschaftliches Gut, das wegen eines fehlenden Erben zu erschwinglichen Konditionen zu haben war. Der Hof bot ausgezeichnete Möglichkeiten für die weitere Entwicklung. Neben einem großzügigen Gutshaus verfügte das Anwesen über ausreichend dimensionierte Wirtschaftsgebäude und mehrere hundert Hektar Ackerland.

Nach dem Umzug von Hallbergmoos nach Waldskofen war die tägliche Fahrt für Anton vom Mangfalltal zur Uni nach Weihenstephan sehr aufwändig, weshalb er sich entschloss, ein Angebot anzunehmen, das abzulehnen äußerst unklug gewesen wäre.

Mit zwei Studienkollegen, Alois Angerbauer und Ignaz Weidinger, hatte sich inzwischen so etwas wie eine Freundschaft entwickelt. Die beiden waren Mieter einer großen Wohnung, in der auch für Anton genug Platz war, was sich schon einige Male als Vorteil erwiesen hatte, als nämlich Toni wegen etwas übertriebenen Alkoholgenusses zu einer Heimfahrt nicht mehr fähig war und den Rest der Nacht im ‚Gästezimmer' der neuen Freunde verbrachte.

Alois war ein etwas schüchterner, unbeholfener Typ, dem man seinen bäuerlichen Hintergrund sofort ansah. Immer leicht vornübergebeugt und mit nach unten gerichtetem Blick vermittelte er den Eindruck, als wolle er sich ständig für seine Anwesenheit entschuldigen. Kurz, offensichtlich ein von Minderwertigkeitskomplexen belasteter junger Mann, der sich in seiner Haut nicht wohl fühlte, wenn er in Gesellschaft war.

Ganz anders Ignaz. Klein von Wuchs, aber immer eine Spur zu dynamisch. Er versuchte seinen körperlichen Mangel mit deutlich übertriebener Geschäftigkeit auszugleichen, was ihm nur bedingt gelang. Eine seiner herausragenden Eigenschaften war sein gestörtes Verhältnis zur Wahrheit. Er musste immer Recht behalten, auch wenn seine Behauptungen abenteuerlichen Lügengeschichten entsprangen.

Als die drei eines Tages nach einer Vorlesung im Weihenstephaner Bräustüberl vor einer frischen Maß Bier saßen, kam Alois auf die neue Wohnsituation Tonis zu sprechen:

„Sag mal Toni, geht dir die ewige Fahrerei von Waldskofen nach Weihenstephan nicht langsam auf den Geist? Das sind doch hin und zurück gute 160 km. Normale Fahrzeit für eine Strecke mindestens eine Stunde. Und wenn man überlegt, wie oft Stau auf der A 99 ist! Du kannst doch bei uns einziehen."

„Unsinn", mischte sich Ignaz ein, „das ist auch in 50 Minuten zu schaffen".

Wer die Strecke kennt, weiß, dass das allenfalls nachts bei leerer Autobahn möglich ist. Aber so war Ignaz nun mal, immer ein wenig übertreiben.

Mit seinem Vorschlag hatte Alois einen wunden Punkt angesprochen. Toni ärgerte sich schon lange über diese unnütze Zeitverschwendung. Sein Vater hatte ihm jedoch die Finanzierung einer Wohnung verweigert. Wahrscheinlich, weil er vermeiden wollte, dass sein Sohn dem üblichen Studentenleben anheimfallen und das Studium sich dadurch unnötig verlängern würde. Aber man konnte ja noch einmal einen Versuch machen.

„Gut", antwortete Toni, „ich werde das klären. Euer Angebot ist wirklich interessant und sehr freundlich gemeint. Ich hoffe, dass mein alter Herr die Kosten übernimmt."

Toni hatte Glück. Sein Vater ließ sich überzeugen, dass die von seinem Sohn täglich zu absolvierende Strecke kostenmäßig doch sehr ins Gewicht fiel und deshalb einem Domizil in der Nähe der Uni wohl der Vorzug zu geben sei. Hinzu kam die Überlegung, dass die täglich gewonnenen mindestens zwei Stunden Fahrzeit schließlich dem Studium zugutekommen könnten. Inzwischen hatte der Vater nämlich den Eindruck, dass sein Sohn doch gewissenhaft genug dem Studium nachging und die Gefahr eines ‚Lotterlebens', wie er es bezeichnete, nicht mehr gegeben war.

Toni stimmte also dem Vorschlag von Alois und Ignaz zu und zog in das freie Zimmer der Wohnung ein, das zwar spartanisch möbliert war, aber seinen Zweck erfüllte. Die Freunde hatten die Wohnung möbliert gemietet und insoweit umgestaltet, dass sie alle besseren Möbel, insbesondere die bequemsten Sitzgelegenheiten in ihre Zimmer transportiert hatten. Das Zimmer, das Toni jetzt beziehen sollte, litt unter einer bescheidenen ‚Restmöblierung', was er aber als nicht weiter schlimm ansah.

Die WG funktionierte prächtig, zumal die beiden Freunde durchaus erfreut waren, einen solventen Mitbewohner gewonnen zu haben. Nicht nur, dass ihre Aufwendungen für die Wohnung dadurch deutlich reduziert wurden, die Verbindung zu Toni sollte sich auch noch in anderer Hinsicht als überaus vorteilhaft erweisen. Doch das sollte noch einige Jahre dauern.

Die Freundschaft zwischen Alois, Ignaz und Toni festigte sich immer mehr, was auch dazu führte, dass man sehr private Informationen austauschte. Man konnte sich einfach gegenseitig vertrauen. Alois und Ignaz erlangten zunehmend Kenntnis über die Vermögensverhältnisse der Familie Huber und die für später geplante Übernahme des landwirtschaftlichen Anwesens durch Toni. Inzwischen hatten die drei Freunde auch öfter mal ein gemeinsames Wochenende auf dem Gut verbracht, was das Wissen um die komfortable Zukunft Tonis noch vertiefte. Es empfahl sich also, die Freundschaft zu Toni keineswegs zu gefährden, vielmehr waren die beiden darauf bedacht, sie weiter zu intensivieren. Nur so konnten sie sich für die Zukunft den einen oder anderen Vorteil daraus erhoffen.

Nach einigen Semestern hatten die drei Freunde ihre Berufswünsche konkretisiert. Bei Toni war schon bald klar, dass er irgendwann den Hof der Eltern übernehmen würde und sich deshalb um seine Zukunft keine Sorgen machen musste. Alois war der Auffassung, er könnte vielleicht nach dem erfolgreichen Studium der Agrarwissenschaften später einmal sein Wissen an andere Landwirte als Unternehmensberater weitergeben. Dass seine Kontaktschwäche nicht gerade eine perfekte Voraussetzung für einen derartigen Beruf darstellte, war ihm offensichtlich zu diesem Zeitpunkt nicht bewusst. Die Freunde hätten ihn allerdings auf diese Fehleinschätzung, die sich auf seine berufliche Zukunft möglicherweise negativ auswirken könnte, hinweisen können. Sie zogen es jedoch vor, ihn in dem Glauben zu lassen, er könnte ein guter Berater werden. Sie wollten ihn natürlich nicht verletzen, und vielleicht würden sich seine Komplexe ja später einmal legen.

Ignaz war längere Zeit unentschlossen, sein Interesse galt der Politik und der IT-Branche. So ungefähr in diese Richtung sollte es gehen. Mitglied der SPD war er schon nach dem Abitur geworden, wohl wissend, dass er es mit diesem Parteibuch in Passau, seinem Wohnort, nicht leicht haben würde. Er verstand es aber blendend, Dinge, von denen er keine Ahnung hatte, überzeugend zu erklären. Jedenfalls war er sehr von sich überzeugt und leitete daraus eine besondere Befähigung für eine politische Karriere ab.

Ignaz irrte sich ebenso wie Alois.

Nach dem Studienjahr 1986/87 schlossen die Freunde gemeinsam ihr Studium ab. Die WG, in der sie sich so überaus wohl gefühlt hatten, wurde aufgegeben. Auch wenn sie nun nicht mehr täglich zusammen waren, trafen sich die Freunde häufig. Ignaz, der inzwischen wieder in Passau wohnte, besuchte Toni regelmäßig in Waldskofen. Meistens kam auch Alois dazu, von Rosenheim nach Waldskofen war es schließlich nur ein Katzensprung.

Jedenfalls war klar, dass sie die während des Studiums begründete Freundschaft auch in Zukunft sorgfältig pflegen würden. Die Absicht, sich in schwierigen Situationen gegenseitig zu helfen, hatten sie sich an ihrem letzten Abend im Bräustüberl in Weihenstephan nach dem Genuss mehrerer Maß Bier versprochen.

Sie ahnten nicht, was die Zukunft in dieser Hinsicht noch bringen sollte.

***

3

Eine Begegnung auf dem Oktoberfest 1987, das Toni zusammen mit Alois und Ignaz besuchte, sollte auf das Leben Tonis entscheidenden Einfluss haben. Sie hatten sich im Zelt der Fischer-Vroni gerade einen leckeren Steckerlfisch schmecken lassen, als er sie sah. Sie kam zusammen mit ein paar anderen jungen Damen in das Zelt und setzte sich an den Nachbartisch. Ihre Augen trafen sich, es funkte sofort.

Gerade jetzt wollten Alois und Ignaz aufbrechen. Die zwei Maß Bier, die sie sich bereits gegönnt hatten, wirkten und machten sie unternehmungslustig.

„Lasst uns noch zum Teufelsrad gehen, das bringt eine Mordsgaudi, auf geht's", schlug Ignaz vor, wie so häufig die Initiative ergreifend.

Davon wollte Toni natürlich nichts wissen, er musste diese Frau unbedingt kennenlernen. Schnell orderte er bei der Bedienung, die gerade am Nachbartisch die Bestellung aufnahm, noch drei Maß Bier und verlängerte dadurch ihren Aufenthalt bei der Fischer-Vroni, was die beiden Freunde wegen der Aussicht auf eine von Toni spendierte weitere frische Maß sogleich akzeptierten. Toni indes interessierte eine andere Aussicht. Die zierliche, nette junge Dame am Nachbartisch hatte es ihm angetan. Das hübsche Dirndl stand ihr ausgezeichnet, wenn auch ihre Oberweite nicht sehr üppig und deshalb eher weniger ‚dirndlgeeignet' war. Das störte Toni jedoch nicht, er war von ihrer reizenden Erscheinung fasziniert und dachte fieberhaft darüber nach, wie er wohl ein Treffen mit ihr arrangieren könnte, ohne dass seine Freunde darauf aufmerksam würden. Unter dem Einfluss der inzwischen fast drei Maß Bier würde ihnen bestimmt der eine oder andere anzügliche Kommentar einfallen. Das wollte er um jeden Preis vermeiden, dazu war ihm die Angelegenheit viel zu wichtig.

Sie schaute ihn wieder an, diesmal lächelte sie. Dann stand sie auf und ging Richtung Toilette. Toni natürlich hinterher. „Bin gleich wieder da", rief er ziemlich aufgekratzt seinen Freunden noch zu, dann sahen sie ihn längere Zeit nicht.

Agnes, so hieß die junge Dame, die es Toni angetan hatte, und die mit ihren Freundinnen schon seit dem frühen Abend auf der Wiesn unterwegs war, hatte den Vorschlag gemacht, sich bei der Fischer-Vroni zu stärken. Die Freundinnen hatten eigentlich mehr Appetit auf ein halbes Wiesnhendl oder knusprige Ente und wollten gerne in der Entenbraterei Wildmoser einkehren.

„Lasst uns doch lieber einen leckeren Steckerlfisch essen, diese Gelegenheit haben wir nicht so oft. Hendl gibt es an jeder Ecke. Außerdem schmeckt das Wiesnbier vom Augustiner viel besser als das Bier von der Hacker-Pschorr-Brauerei, das beim Wildmoser ausgeschenkt wird".

Mit diesem Argument überzeugte Agnes ihre Begleiterinnen.

Also auf zur Fischer-Vroni.

Agnes hatte sich heute prächtig herausgeputzt. So wie es eben in München zur Wiesn üblich ist. Als Frau wird dort eigentlich nur wahrgenommen, wer ordentlich aufgebrezelt ist. Die zierliche Agnes sah in ihrem Dirndl wirklich toll aus. Ein wahrer Blickfang. Sie hatte sich inzwischen daran gewöhnt, dass sich die Männer nach ihr umdrehen. So war es auch, als sie das Zelt der Fischer-Vroni betraten. Von den drei jungen Männern am Nachbartisch schaute allerdings nur einer interessiert zu ihr herüber. Der war ja wirklich attraktiv. Da sie eine feste Beziehung erst vor wenigen Wochen beendet hatte, war sie einer neuen Bekanntschaft gar nicht abgeneigt. Und schon wieder trafen sich ihre Blicke. Sie lächelte. Bevor das gerade bestellte Bier an den Tisch kam, stand sie auf und erklärte ihren Freundinnen: „Ich mach mich mal eben frisch", und verschwand in Richtung Toiletten, nicht ohne noch einen eher aufmunternden Blick in Richtung Nachbartisch zu wagen.

Eigentlich bestand für Agnes überhaupt kein Grund, die Toilettenräume aufzusuchen. Aber es konnte ja nicht schaden, das Make-up zu überprüfen. Sie hoffte natürlich, dass der sympathische junge Mann vom Nachbartisch das Zeichen verstanden hatte und ihr gefolgt war, wenn nicht, hätte er wohl kein Interesse an ihr.

Sie dagegen war sehr interessiert, denn Toni war eine sehr gute Erscheinung, attraktiv und mit einem gewinnenden Lächeln. Ganz anders als seine Tischnachbarn, die sie keines Blickes gewürdigt hatten. Natürlich war er zünftig in Tracht gekleidet. Sein Janker war von ausgewählter Qualität und ließ auf einen guten Geschmack schließen.

Als sie die Toilettenräume verließ, stand er mit strahlendem Lächeln vor ihr.

„Ich bin der Anton Huber, Sie schauen phantastisch aus und ich möchte Sie näher kennen lernen", sprudelte es aus ihm heraus.

Sie reichte ihm die Hand und antwortete: „Das ist ja sehr stürmisch, aber ich hätte auch nichts dagegen, mehr über Sie zu erfahren, ich bin die Agnes."

„Kennen Sie die Krinoline? Ich würde Sie gerne zu einer Fahrt einladen." Toni wollte sofort Nägel mit Köpfen machen und schickte sein charmantestes Lächeln hinterher.

„Das geht leider nicht, ich bin mit meinen Freundinnen hier, die im Zelt auf mich warten", lehnte sie ab.

„Ich bin auch in Begleitung, meine Freunde warten auf mich, aber es dauert bestimmt nicht lange, in 20 Minuten sind wir wieder hier, bitte."

Der Versuch, Agnes zu überreden, gelang.

Die Krinoline, und damit auch die mit ihr verbundene Blaskapelle, gehört zu den traditionsreichsten Einrichtungen auf dem Münchner Oktoberfest. Die Walzer schwingende Plattform des Karussells erinnert in ihren Bewegungen an die ‚Krinoline', den schwingenden Reifrock der feinen Damenwelt der Jahre um 1860.

Da auf diesem Karussell von dem Trubel der Wiesn kaum etwas zu spüren ist, hielt Toni das für den richtigen Ort, Agnes näher zu kommen. Die Krinolinen-Musik spielte einen Tusch, und dann begannen die romantischen Gondeln zu schweben. Das war Nostalgie pur, ein Stück Oktoberfest von anno dazumal.

Agnes kuschelte sich in der engen Gondel ganz dicht an Toni, der das Gefühl hatte, sie würden sich schon ewig kennen. Er war so verknallt in Agnes, dass er am liebsten nicht zurück ins Zelt gehen und lieber den Rest des Abends mit ihr allein verbringen wollte. Aber das konnte er seinen Freunden ja wohl nicht antun. Auch Agnes wollte unbedingt zurück zu den wartenden Freundinnen.

Eine längere Abwesenheit wäre ohnehin schwierig zu erklären gewesen. Um jede Aufmerksamkeit und die mit Sicherheit auf sie einstürzenden Fragen zu vermeiden, gingen sie mit einem gehörigen zeitlichen Abstand an ihre Tische zurück.

„Wo warst du denn so lange?" wurde Toni empfangen.

Toni erklärte, er habe einen guten Freund getroffen, den er seit längerer Zeit nicht gesehen hätte. Sie hätten sich dann bei einem Stamperl Obstler an einem der Kioske zwischen den Zelten verquatscht, was er bedauerte und wofür er sich bei ihnen entschuldige.

Damit war die Angelegenheit zunächst erledigt. Die beiden Freunde, die nicht danach fragten, warum Toni denn überhaupt das Zelt verlassen hatte, waren offensichtlich nach dem Genuss von drei Maß Bier auch nicht mehr in der Lage, die vielsagenden Blicke, die sich Agnes und Toni zuwarfen, wahrzunehmen.

Agnes und Toni trafen sich bereits am nächsten Tag wieder. Dass Agnes noch bei ihren Eltern in Rosenheim wohnte, erleichterte die zukünftigen häufigen Treffen. Von jetzt an verbrachte die 24-jährige Agnes auch viel Zeit, vornehmlich am Wochenende, auf dem Gut der Familie Huber in Waldskofen. Tonis Eltern empfanden große Sympathie für Agnes, die ihnen gegenüber immer freundlich und zuvorkommend war. Agnes war als Krankenpflegerin am Klinikum in Rosenheim tätig und musste natürlich auf ihren unregelmäßigen Dienst Rücksicht nehmen, was aber für die Beziehung zu Toni kein Nachteil war. Er konnte schließlich auf dem eigenen Hof mit Billigung seines Vaters seine Arbeit entsprechend einteilen.

Im Sommer 1988 wurden die Pläne der beiden Verliebten konkreter, im Frühjahr des nächsten Jahres sollte geheiratet werden. Vater Korbinian fand, zu einer richtigen Familie gehöre auch ein angemessenes Haus, das für die beiden und die Kinder, die ja hoffentlich bald den Hof beleben würden, genug Platz bieten sollte. Und so wurde auf dem Gelände des Guts schon bald mit dem Bau eines Bungalows begonnen, der rechtzeitig zur Hochzeit im Mai 1989 fertiggestellt wurde. Ein wahrhaft nobles Hochzeitsgeschenk, wie alle Hochzeitsgäste dachten.

Die Hoffnung der Eltern erfüllte sich schon bald, denn nicht lange nach der Hochzeit war Agnes schwanger. Im Juni 1990 kam das erste Kind des jungen Paares zur Welt. Die Freude über den Stammhalter, der auf den Namen Florian getauft werden sollte, war riesengroß. Agnes gab nun ihren geliebten Beruf auf, um sich ganz dem Nachwuchs zuzuwenden, während Toni zusammen mit seinem Vater in der Landwirtschaft engagiert war. Gemeinsam hatten sie es geschafft, das Huber-Gut zu einem der bedeutendsten Erzeuger von Getreide und Feldfrüchten in der Gegend zu entwickeln. Einer rosigen Zukunft stand nichts im Wege.

***

4

„Du spinnst" war die Reaktion der überraschten Agnes, die sich soeben den, wie sie meinte, absurden Vorschlag von Toni angehört hatte, auf dem elterlichen Gut einen Golfplatz zu bauen. „Wie soll das denn gehen, glaubst du wirklich, ein solches Projekt realisieren zu können? Dein Vater wird nie zustimmen, vergiss das ganz schnell wieder!" Genau das wollte Toni aber nicht.

Nach der Geburt von Florian hatten sie sich, Florian war jetzt gerade 15 Monate alt, einen Urlaub gegönnt. Oma Anna hatte ihnen zugeredet, sie würde sich schon um Florian kümmern. Der kleine Florian hatte seine Eltern in letzter Zeit doch ziemlich in Anspruch genommen, da kamen die zwei Wochen Strandurlaub im Herbst gerade richtig.

Agnes und Toni hatten sich für ein komfortables Hotel in der Nähe von Marbella entschieden, um einmal richtig auszuspannen. Ihre Wahl traf auf das Don Carlos, ein exklusives 5-Sterne-Hotel am Strand, im Herzen der Costa del Sol und nur 11 km vom Stadtzentrum Marbellas entfernt. Und Marbella hatte ja auch sonst einiges zu bieten, sie freuten sich jedenfalls riesig auf diesen Urlaub.

Nach einer Woche Strandleben und mehreren Besichtigungen in Marbella kam ein wenig Langeweile auf. An der Rezeption hatten sie einen Prospekt vom Golfclub Los Naranjos entdeckt, der Golf-Schnupperkurse anbot. Toni, der schon immer Interesse an diesem Sport hatte, bisher aber weder Zeit noch Gelegenheit gefunden hatte, ihn einmal auszuprobieren, überraschte Agnes nach dem Frühstück mit dem Vorschlag:

„Ich habe große Lust, Golf zu probieren. Was hältst du davon, wenn wir einen Schnupperkurs buchen?"

„Meinetwegen" war die etwas zögerliche Antwort. Aber auch Agnes hatte gegen eine Abwechslung nichts einzuwenden, und so standen sie am nächsten Morgen im Sekretariat des Los Naranjos. Dieser phantastische Golfplatz in der Gegend von Nueva Andalucía, der nach einem Design des berühmten Golfplatzarchitekten Robert Trent Jones gebaut worden war, begeisterte sie von Anfang an. Wie sie von anderen Hotelgästen erfahren hatten, gehörte dieser Platz zu den schönsten an der Costa del Sol. Schon bei der Ankunft beeindruckte sie die angenehme Atmosphäre im Clubhaus und die freundliche Art der jungen Dame am Empfang. Das Restaurant und die große Terrasse, von der man einen spektakulären Blick über den Golfplatz hatte, machten Lust auf die Zeit nach dem Golfkurs. Unterhalb der Terrasse befand sich ein offensichtlich künstlich angelegter kleiner See, über den die Golfer in Richtung Clubhaus spielen mussten. Für Besucher auf der Terrasse natürlich ein amüsantes Schauspiel, weil doch etliche Spieler bei dem Versuch, den See zu überwinden, scheiterten. Hinter dem See waren mehrere Golfbahnen zu sehen, die von einer großen Zahl von Orangenbäumen gesäumt wurden, was besonders jetzt, kurz vor der im Spätherbst beginnenden Ernte, ein farbenfreudiges Bild bot. Das satte Grün der Golfbahnen - der Platz war in einem Top-Zustand -, die leuchtenden, fast reifen

Orangen und der strahlend blaue Himmel - der ideale Rahmen, um der Faszination des Golfspiels zu erliegen.

Der Pro, der sie in die Geheimnisse dieser elitären Freizeitbeschäftigung einwies, hatte viel Geschick und verstand es, ihnen das Gefühl besonderer Begabung zu vermitteln. So wurde diese zweite Woche ihres Urlaubs zu einem wahren Erfolgserlebnis. Toni jedenfalls hatte es voll erwischt. Deshalb auch am letzten Tag auf der Terrasse des Hotels der Vorschlag mit dem eigenen Golfplatz.

Auf dem Rückflug nach München ging Toni nur noch diese Idee durch den Kopf. Auch wenn Agnes wenig begeistert war, er musste unbedingt seinen Vater von der Idee überzeugen. Natürlich war ihm klar, dass das nur mit konkreten Zahlen möglich sein würde, die belegten, dass die Sache lukrativer sein würde, als das erforderliche Gelände weiter landwirtschaftlich zu nutzen. Toni war fest entschlossen, den gefassten Plan umzusetzen. Er musste seinen Vater rumkriegen.

Die Entscheidung fiel schneller als erwartet.

„Ich finde die Idee gut", erklärte Vater Korbinian, „der Golfsport in Deutschland soll enorme Wachstumspotenziale haben. Wir sollten alles tun, um davon zu profitieren."

Der Familienrat überlegte, wie man das Projekt wohl mit der größten Aussicht auf Erfolg umsetzen könnte. Es gab viel zu bedenken, das Wichtigste aber waren die erforderlichen Genehmigungen durch die verschiedensten Behörden. Die Familie beschloss, die notwendigen Kontakte umgehend aufzunehmen, wobei das hohe Ansehen, das Korbinian Huber inzwischen erlangt hatte, sicher hilfreich sein würde. Jetzt kam ihm möglicherweise zugute, dass er nach dem Umzug von Hallbergmoos nach Waldskofen sogleich Kontakt zu den Honoratioren wie Bürgermeister, Pfarrer, Landrat usw. gesucht und gepflegt hatte. Derlei Beziehungen sind insbesondere in Bayern von eminenter Wichtigkeit, wenn für bestimmte Genehmigungsverfahren das Wohlwollen von sog. Amtspersonen vonnöten ist. Jetzt stellte sich heraus, dass seine regelmäßige Teilnahme am Gemeindestammtisch, zu dem sich jeden Freitag die wichtigsten Persönlichkeiten aus der Gemeinde trafen, von großem Vorteil war. Bei einer dieser Gelegenheiten hatte er nämlich auch den Landrat und einen gewissen Herrn Dr. Wiesinger kennengelernt, einem Mann von zweifelhaftem Ruf, der nicht nur Mitglied der ‚Grünen' war, sondern auch der unteren Naturschutzbehörde vorstand. Es muss hier nicht besonders erwähnt werden, dass Herr Dr. Wiesinger an dem erwähnten Stammtisch keineswegs gern gesehen war, wegen seines Amtes aber von den übrigen Herrschaften eher missmutig geduldet wurde. Von Fall zu Fall brauchte man ihn eben. Der Einfluss der ‚Grünen' hatte inzwischen einen durchaus beklagenswerten Umfang eingenommen, der sich auf die Landwirtschaftsbetriebe sehr nachteilig auswirkte. Jedenfalls schimpften die Landwirte, die es mit dem Umweltschutz nicht so genau nahmen, Dr. Wiesinger hätte einfach zu wenig Ahnung. Sie hätten schon immer so gewirtschaftet und dabei sei es doch allen gut gegangen. In Brüssel würde schon viel zu viel geregelt, da müsse vor Ort nicht auch noch so ein ‚linker Umweltaktivist' sein Unwesen treiben. Außerdem sei er ein gebürtiger ‚Preiß', was ja gar nicht ginge. Das war die Meinung der Mehrheit an diesem Stammtisch.

Dr. Wiesinger, ein klassischer Vertreter der 68er-Generation, hatte sich nach seinem Umzug von Berlin nach Oberbayern politisch engagiert, weil er die Auffassung vertrat, dass das Thema Umweltschutz besonders in Bayern einer stärkeren Betonung bedurfte. Es versteht sich, dass er mit seiner Meinung ziemlich allein stand und bei den Kommunalpolitikern im Landkreis Rosenheim mit wenig Gegenliebe rechnen konnte. Erschwerend kam hinzu, dass er, obwohl er sich in seiner neuen Umgebung ausgesprochen wohl fühlte, die ‚Maskerade', wie er sie nannte, nicht mitmachen wollte. Im Klartext heißt das, dass man ihn niemals in bayrischer Tracht erleben konnte. Weder Lederhose noch Janker zog er jemals in Erwägung. Besonders schlimm fand er die Sitte, in geschlossenen Räumen, so auch in Wirtschaften, den Hut aufzubehalten. Das war für ihn, der eine strenge preußische Erziehung genossen hatte, gegen die selbst die 68er-Bewegung nichts ausrichten konnte, eine Entgleisung, die er nicht tolerieren konnte.

Die Mehrheitsverhältnisse am heutigen Stammtisch ermutigten Korbinian Huber, die allgemeine Stimmungslage in Sachen Golfplatzbau einmal zu testen. Er wusste, dass er Dr. Wiesinger kaum würde überzeugen können, der jedoch stand mit seiner Meinung in diesem Kreis meistens allein.

„Was haltet ihr davon, wenn wir auf meinem Grund und Boden einen Golfplatz bauen würden?", fragte er in die Runde und löste damit eine heftige Diskussion aus.

„Das ist ein Schmarrn!", schallte es ihm entgegen. „Die versnobten Golfer sollen bleiben, wo der Pfeffer wächst! Unser schönes Mangfalltal und ein Golfplatz? Ums Verrecken nicht!"

Die erste Aufregung wich jedoch nach kurzer Zeit einer eher sachlichen Diskussion, in der dann der Bürgermeister das Wort ergriff. „Man sollte das überlegen. Es gibt Regionen, die dem Golfsport einen enormen wirtschaftlichen Aufschwung verdanken. Ich verweise nur auf Bad Griesbach, das ohne Golf heute immer noch eine armselige Kurstadt wäre, die auf der Gästeliste überwiegend Kassenpatienten als Gäste hätte und wohl kaum zahlungskräftige Golfer."

Im Laufe der Unterhaltung wurden alle etwas nachdenklich und räumten ein, dass die Sache überlegenswert sei. Lediglich Dr. Wiesinger blieb bei seinem Protest. „Golfplätze werden überdüngt, dadurch wird das Grundwasser vergiftet. Außerdem wird der Autoverkehr zunehmen."

Dass Golfplätze im Vergleich zu landwirtschaftlich genutzten Flächen wesentlich zurückhaltender gedüngt werden, wollte er nicht wahrhaben.

Die Runde löste sich an diesem Abend erst spät auf. Was am Stammtisch gesprochen wurde, blieb entgegen der getroffenen Vereinbarung der Öffentlichkeit natürlich nicht verborgen. Es gab offensichtlich eine undichte Stelle - oder sollte vielleicht die Bedienung? Aber Gerti war doch ansonsten sehr vertrauenswürdig! Jedenfalls titelte der Mangfalltaler Anzeiger am nächsten Morgen:

Neuer Golfplatz im Mangfalltal.

***

5

Acht Jahre nachdem die Idee entstanden war, wurde die komplette 18-Loch-Golfanlage Gut Waldskofen zusammen mit dem Clubhaus offiziell eingeweiht. Korbinian Huber und sein Sohn Anton hatten in den vergangenen Jahren hart an diesem Ziel gearbeitet und mussten viele Hindernisse überwinden. So mancher Sturschädel konnte sich nur schwer vorstellen, dass es in seiner Heimat Platz für eine Golfanlage geben sollte.

„Des braucht's nicht!", war die vielerorts zu hörende Argumentation. Mehr gab es angeblich dazu nicht zu sagen. Doch die Hubers kämpften.

Und dann hatten sie es endlich geschafft.

Zu einer Golfanlage gehört natürlich ein Golfclub, dessen Mitglieder ja neben den Gästen für die Finanzierung und den Unterhalt aufkommen sollten. Anton Huber hatte sich rechtzeitig nach einem kompetenten Anwalt umgesehen, der alle Formalitäten für die Gründung übernommen hatte. Das Ergebnis war u.a. eine ausgefeilte Vereinssatzung, die den Mitgliedern wenig, aber dem Betreiber des Golfplatzes, nämlich Anton und seiner Frau Agnes, so gut wie alle Rechte einräumte. Die Mitglieder sollten zahlen, aber nicht unbedingt Einfluss auf den Betrieb haben. Der Einfachheit halber wurde der inzwischen befreundete Advokat, ein gewisser Dr. Edmund Strobel, kurz nach der Gründung Präsident des Golfclubs, so hatte man alles bestens unter Kontrolle. Das glaubte jedenfalls Dr. Edmund Strobel, der sich durch diese von ihm vorgeschlagene Konstellation beste Voraussetzungen für eine lukrative Zukunft im Golfgeschäft geschaffen hatte.

Er sollte sich täuschen.

Dr. Strobel war Sozius in einer gut gehenden Kanzlei in Bad Aibling. Die Idee, das Präsidentenamt im Golfclub zu übernehmen, entsprang nicht etwa seinem Bestreben, ehrenamtlich tätig zu sein. Er hatte sich vielmehr in vielerlei Hinsicht persönliche Vorteile ausgerechnet. So war zu erwarten, dass durch dieses Amt etwa sein Bekanntheitsgrad deutlich steigen würde. Unabhängig von der Tatsache, dass er als Präsident erheblichen Einfluss auf die Entwicklung der Golfanlage nehmen könnte, gab es auch einen spürbaren Zuwachs an Kontakten, die er für die Kanzlei zu nutzen gedachte. Aber auch seine Familie sollte profitieren. Als seine Tochter ihr Studium der Betriebswirtschaftslehre beendet hatte, konnte sie sich über einen sehr gut ausgestatteten Ausbildungsplatz bei einem Unternehmen freuen, das einen engen Kontakt zum Golfclub pflegte und als großzügiger Sponsor aufgefallen war.

Die jährlichen Mitgliederversammlungen nutzte Dr. Strobel regelmäßig zu ausgiebigen Vorträgen über das jeweils abgelaufene Jahr. Es war bekannt, dass dies überaus umfangreiche Ausführungen waren, die eher an Plädoyers erinnerten. Spötter mutmaßten, er würde hier wohl für das Gericht trainieren. Dr. Strobel genoss offensichtlich diese Momente der Selbstdarstellung sehr.

Am Empfang des Golfclubs vermittelte Stefanie Klett (genannt Steffi) als Sekretärin Gästen und Mitgliedern das Gefühl, immer willkommen zu sein. Mit ihrem natürlichen Charme und ihrer offenen Art, auf Leute zuzugehen, bestimmte sie im Wesentlichen die Wohlfühlatmosphäre im Club.

Als Manager hatte Anton Huber den eher schüchternen Sebastian Kofler eingestellt, der den Vorzug genoss, über leidliche Kenntnisse in Betriebswirtschaft zu verfügen, die er an einer Fachhochschule erworben hatte. Von ihm erhoffte sich Anton Impulse für die Expansion der Anlage und professionell geplante Marketing-Aktivitäten, die die finanzielle Basis nach und nach verbessern sollten.

Für die Gastronomie hatte Toni einen jungen engagierten Koch gewinnen können, der bisher im Berggasthof Rosengasse in Oberaudorf mit einer bodenständigen, authentische Küche der Region überzeugen konnte. Außerdem hatte dieser junge Koch beste Referenzen, er hatte seine Ausbildung auf einem Kreuzfahrtschiff absolviert und war in der Lage, mit seinem Team auch für größere Gesellschaften völlig unaufgeregt mehrgängige Menüs auf den Tisch zu bringen, die fast jedem Anspruch genügten. So war es auch nicht weiter verwunderlich, dass der Wirt nach nur wenigen Jahren das Restaurant als Pächter übernahm und selbstständiger Unternehmer wurde.

Mit der Pflege des Golfplatzes betraute Toni, der die Führung der Anlage übernommen hatte, Kaspar Weizenbaumer, einen fähigen Head-Greenkeeper, der das Geschäft von der Pike auf gelernt und zusammen mit seinem Stellvertreter, Stanislaw Nowak, bereits beim Bau kräftig mitgewirkt hatte. Jetzt kam Anton Huber entgegen, dass er in der Landwirtschaft genügend qualifiziertes Personal beschäftigte, das er je nach Bedarf zur Unterstützung zunächst beim Bau und später bei der Pflege des Golfplatzes einsetzen konnte.

Die Voraussetzungen waren also ausgezeichnet. Waldskofen entwickelte sich in den Folgejahren zu einer der beliebtesten Golfanlagen in der ganzen Region. Ein überdurchschnittlicher Zuwachs an Mitgliedern war die erfreuliche Folge.

***

6

Einige Jahre später.

Der Pflegestandard des Platzes hatte bereits nach wenigen Jahren ein Niveau erreicht, das keinen Vergleich mit den etablierten Anlagen der Region scheuen musste. Die Folge war, dass Kaspar Weizenbaumer, der Head-

Greenkeeper, nach und nach bei anderen Golfclubs Begehrlichkeiten geweckt hatte. Wer wollte sich nicht der Dienste eines so qualifizierten Mitarbeiters versichern? Die Angebote häuften sich, Anton Huber sah sich angesichts seiner finanziellen Möglichkeiten leider nicht in der Lage, Kaspar zu halten. Und so wechselte der, ausgestattet mit einem überaus attraktiven Vertrag, zum Golfclub Beuerberg, dessen überlegener Finanzkraft nichts entgegenzusetzen war.

Toni setzte Stanislaw Nowak als Nachfolger ein, der schon beim Bau des Platzes dabei war und sicher die nötige Motivation haben würde, den Platz immer in einen perfekten Zustand zu versetzen. Damit er den fachlichen Anforderungen gerecht werden konnte, meldete Toni ihn für verschiedene Lehrgänge bei der ‚DeuLA' (Deutsche Lehranstalt für Agrartechnik) an, einem privatwirtschaftlichen Bildungszentrum. Nun, mit der erforderlichen Fachkenntnis ausgestattet, sollte Stanislaw mit Unterstützung der übrigen Platzarbeiter, im Bedarfsfall von Mitarbeitern aus der Landwirtschaft tatkräftig unterstützt, den Qualitätsstandard des Platzes wohl halten können. Was zunächst niemand erwartet hatte, gelang Stanislaw Nowak. Die Qualität der Platzpflege konnte tatsächlich annähernd auf dem bisherigen Niveau gehalten werden.

Stanislaw Nowak war unter Anleitung von Toni ein wirklich engagierter Greenkeeper, der, wie Toni immer wieder versicherte, ähnlich gute Arbeit ablieferte, wie sein Vorgänger. Das verschaffte Toni, wie er glaubte, genügend Freiheiten, sich auch anderen Interessen zuzuwenden.

Das war eine Fehleinschätzung.

In das Familienleben von Anton und Agnes Huber hatte sich eine gewisse Eintönigkeit geschlichen. Florian war ein sehr guter Golfspieler geworden, der den Luxus eines eigenen Golfplatzes genutzt hatte und sich zu einem der besten Spieler seiner Altersklasse in Bayern entwickelt hatte. Seine beiden Schwestern - 3 bzw. 6 Jahre jünger als er - hatten andere Interessen, aus Golf machten sie sich weniger.

Agnes war zurück in ihrem Beruf und vertraute darauf, dass Oma und Opa sich um die Kinder kümmerten. Der Betrieb war inzwischen überschrieben worden. Toni hatte deshalb viel um die Ohren, Landwirtschaft und Golfanlage nahmen ihn ziemlich in Anspruch. Außerdem hatte er im Laufe der Zeit eine Leidenschaft entwickelt, die nicht so ganz zu seinem übrigen Lebensinhalt passen wollte.

Die zunächst seltenen Besuche in den Spielbanken Bad Wiessee, Bad Reichenhall und Salzburg wurden zunehmend häufiger, hinzukam, dass er ein paar Leute kennengelernt hatte, die ihn mit schöner Regelmäßigkeit zu privaten Spielrunden im Hinterzimmer eines italienischen Restaurants eingeladen hatten. Die Spielsucht verursachte immer öfter finanzielle Engpässe, die Toni jedoch in der Anfangszeit durch geschickte Maßnahmen zu verbergen wusste.

Die Zahl der Gäste auf dem Golfplatz nahm stetig zu, was sich äußerst positiv auf die vereinnahmten Spielgebühren auswirkte. Da hierfür im Sekretariat keine maschinellen

Quittungen ausgestellt wurden, gab es diese Bareinnahmen verständlicherweise auch nicht in den Büchern. Für Toni bedeutete das, dass sein finanzieller Spielraum sich auf angenehme Weise vergrößert hatte. Allerdings musste er seinen Manager Sebastian Kofler in die erforderlichen Modalitäten einweihen. Kofler sicherte absolute Vertraulichkeit zu und genoss im Gegenzug großzügige Zuwendungen. Die erlaubten ihm einen Lebensstil, den man einem angestellten Manager eines Golfplatzes kaum zugetraut hätte. Allein sein teurer Sportwagen der Marke BMW hatte schon manche Bewunderung und Spekulation ausgelöst. Offensichtlich verdiente man als Golfplatzmanager doch mehr als angenommen. Nebenbei hatte Sebastian Kofler genügend Zeit für das Golfspiel, in dem er sehr gute Ergebnisse erzielte. Steffi hielt ihm im Büro den Rücken frei, so dass er sehr gut den Job mit seinem Hobby verbinden konnte.

Die in der Kasse fehlenden Spielgebühren fielen zwar zunächst nicht weiter auf, auf längere Sicht war jedoch bei der Golfbetreibergesellschaft ein Defizit zu befürchten, was bei der Erstellung der Bilanz kaum zu vertuschen sein würde. Die wenigen verbuchten Spielgebühren von Gästen standen auch in krassem Widerspruch zu der großen Zahl von Golfern, die teilweise sogar in Bussen anreisten, um die wunderschöne Golfanlage mit herrlichem Blick auf die Alpen zu genießen.

Um die Unregelmäßigkeiten zu vertuschen, nahm Toni die Grenzen zwischen der Golfanlage und dem landwirtschaftlichem Betrieb nicht so genau. Wenn z.B. Mitarbeiter der Landwirtschaft bei der Golfplatzpflege eingesetzt wurden, hatte man bei der Verbuchung der anfallenden

Lohnkosten ziemlich freie Hand. So ging es auch mit anderen Kostenträgern, wie Maschinen, Ersatzteilen, Aushilfen für Gärtnerarbeiten etc.

Während Toni die Aufgaben aus Landwirtschaft und Golfclub so langsam über den Kopf wuchsen und ihm die zusätzlichen Schwierigkeiten, die sich aus den ständig wachsenden Spielschulden ergaben, schlaflose Nächte bereiteten, lebte Agnes zunehmend ihr eigenes Leben. Der Beruf als Krankenpflegerin machte ihr sehr viel Freude, und da in der Familie alles in geregelten Bahnen zu laufen schien, hatte sie genug Zeit, auch noch andere reizvolle Lebensinhalte zu entdecken. Was Anton anfangs nur ahnte, wurde bald Gewissheit.

Agnes ging fremd.

Wegen der Kinder tolerierte er Agnes Beziehung, war deshalb aber auch nicht abgeneigt, als sich ihm ebenfalls ein wenig Abwechslung vom Eheleben bot. Auf einer Golfreise nach Tunesien, die vom Club veranstaltet wurde, konnten dann alle Teilnehmer der Reise erkennen, dass bei den Hubers nicht mehr die ehemals beobachtete Harmonie vorherrschte.

***

7

Agnes und Toni waren Gesellschafter der Golfbetreibergesellschaft. Bei der Gründung der GmbH hatte man vertraglich festgelegt, dass im Todesfall eines der beiden Gesellschafter der jeweils andere alle Anteile übernehmen würde. Das war insofern beachtlich, weil Agnes bei der Gründung lediglich mit 10 % beteiligt war.

Toni, der uneingeschränkt Dr. Edmund Strobel vertraute, der ja bereits in so überzeugender Weise die Vereinsgründung begleitet hatte, war der Empfehlung seines Beraters gefolgt und hatte für den Fall der Fälle testamentarisch verfügt, dass sein Sohn Florian erst mit Vollendung des 27. Lebensjahres seine Nachfolge antreten sollte. Offensichtlich hielt er eine frühere Befähigung seines Sohnes, Landwirtschaft und Golfanlage zu managen, für wenig wahrscheinlich. Deshalb hatte er seinen Freund Alois Angerbauer, den er wegen der Kenntnisse, die der als landwirtschaftlicher Berater erworben hatte, für geeignet hielt, sowohl die Golfanlage als auch den Landwirtschaftsbetrieb zu führen, gebeten, im Ernstfall als Testamentsvollstrecker tätig zu werden.

Selbstverständlich hatte Toni vorher seinen Freund Alois über alle Details informiert und sich vergewissert, dass Alois im Notfall auch einspringen würde. Bei einem solchen Gespräch, bei dem auch Ignaz anwesend war, kam die Rede u.a. auf die Lebensversicherung, die Toni abgeschlossen hatte und bei der sein Sohn Florian als Begünstigter eingetragen worden war.

„Ich will sicher sein, dass Florian den Betrieb sorgenfrei weiterführen kann, falls mir etwas passieren sollte", erklärte er seinen Freunden.

Als Toni über die Lebensversicherung berichtete und beiläufig die Versicherungssumme von 1,5 Mio. Euro erwähnte, hätte ihm eigentlich auffallen müssen, dass Ignaz und Alois sich vielsagende Blicke zuwarfen. Aber selbst dann hätte er natürlich nicht ermessen können, welche schwerwiegenden Konsequenzen diese Information einmal nach sich ziehen würde.

***

8

Agnes' außereheliche Kontakte hatten längst den Rahmen einer kurzfristigen Affäre gesprengt. Sie gab sich auch keine große Mühe mehr damit, ihre Liebschaft zu verheimlichen. Allenfalls die Rücksicht auf die Kinder veranlassten sie zu einer gewissen Diskretion.

Toni hatte auf der erwähnten Golfreise ebenfalls eine Frau kennengelernt, mit er sich nun auch immer öfter in der Öffentlichkeit zeigte. So nach dem Motto: Was Agnes kann, steht mir schon lange zu. Im Golfclub war bekannt, dass die Ehe am Ende war. Man hatte sich daran gewöhnt. Allerdings hatte die neue Beziehung Tonis nicht lange Bestand. Die neue Frau an seiner Seite wollte offensichtlich mehr, als er zu geben bereit war. Das war jedenfalls der Inhalt des Gerüchts, das sich hartnäckig unter den Golfern hielt.

Eines Tages machte ein neues Gerücht die Runde: „Toni und die nette Sekretärin vom Empfang, Steffi, sind ein Paar", wurde gemunkelt. Sehr schnell stellte sich heraus, dass es sich hierbei keineswegs um ein Gerücht handelte. Die beiden hatten sich verliebt und waren, wie jeder sehen konnte, sehr glücklich. Toni blieb jetzt immer öfter auch nachts bei Steffi, die in Rosenheim mit ihrer Tochter im Haus ihrer Eltern lebte. Es begann für Steffi und Toni eine glückliche Zeit.

Die neue Liebe hielt Toni jedoch nicht davon ab, seiner Leidenschaft, dem Pokerspiel, weiter nachzugehen. Regelmäßig traf er sich mit Luigi, Carlo und den anderen Zockerfreunden im 'Il Cortile'. Steffi wusste natürlich davon, hielt sich aber mit jeglicher Kritik zurück. Es kam ihr schließlich nicht zu, seinen Lebenswandel zu kritisieren.

Trotz seiner angespannten finanziellen Lage - in der Golfbetreibergesellschaft drohte wieder ein kräftiger Verlust und seine Pokerfreunde wurden immer ungeduldiger wegen seiner Spielschulden - buchte Toni zum Jahreswechsel eine Kreuzfahrt für Steffi, seinen Sohn Florian und sich. Damit wollte er Florian stärker an sich binden und dem Einfluss Agnes' entziehen, die Florian immer mehr auf ihre Seite gezogen hatte. Und Steffi sollte diese Reise zeigen, dass er es mit der gemeinsamen Zukunft wirklich ernst meinte. Die Reise nach Dubai war ein einmaliges Erlebnis, das zu einer noch engeren Bindung zwischen Steffi und Toni führte.

Auch nach dem Urlaub auf dem Kreuzfahrtschiff verbrachten sie so viel Zeit zusammen, wie nur irgend möglich. Besonders gern fuhren sie nach Bad Aibling, um in der 'Schwemme' des Lindner-Post-Hotels zu essen und über Gott und die Welt zu reden.

Das Lindner-Posthotel, das als Romantikhotel über Bayerns Grenzen hinaus einen hervorragenden Ruf genoss, gab den perfekten Rahmen für romantische Abende zu zweit. Schon im 19. Jahrhundert fanden Reisende und Einheimische in der damaligen ‚Taferne, Gastwirtschaft und Metzgerei Lindner' eine gute und bodenständige Bewirtung. Daran hatten sich die Wirtsleute erinnert und diese Tradition mit der ‚Schwemme' erneut ins Leben gerufen. Steffi und Toni fühlten sich in dieser Atmosphäre sehr wohl und nahmen die Gastfreundschaft so oft es ging in Anspruch.

An einem dieser Abende sprachen sie auch über gemeinsame Zukunftspläne, die sie zu konkretisieren gedachten, sobald Toni geschieden sein würde. Mit der Scheidung war es allerdings so eine Sache. Einerseits galt es, auf die Kinder Rücksicht zu nehmen. Florian war zwar inzwischen in einem Alter, in dem man ihm eine derartige Veränderung in den Familienverhältnissen wohl zumuten konnte. Die Töchter aber waren erst 15 bzw. 12 Jahre alt, also in einem schwierigen Alter, wie Toni meinte.

„Lass uns noch 1-2 Jahre warten", schlug Toni vor, „dann werde ich mich scheiden lassen, und wir konzentrieren uns nur noch auf uns."

Zu vorgerückter Stunde erklärte Toni, er könne heute nicht in Rosenheim bleiben, weil er im Büro noch dringend etwas erledigen müsse. So gegen 22:00 Uhr verabschiedeten sie sich. Daran konnte sich Steffi später deshalb gut erinnern, weil sie ihrer Tochter, die an diesem Abend auf einer Party war, genau bis 22:00 Uhr Ausgang erlaubt hatte.

Toni setzte also Steffi zu Hause ab und fuhr dann Richtung Waldskofen. Steffi stellte fest, dass ihre Tochter wieder einmal nicht pünktlich war und nahm sich vor, ihr gehörig die Leviten zu lesen.

***

9

Am nächsten Morgen stand Steffi in Tränen aufgelöst im Restaurant des Clubs und berichtete dem Wirt, den Angestellten und den zufällig anwesenden Golfern, die gerade ihre Golfrunde beginnen wollten, von der unfassbaren Nachricht, die sie soeben erhalten hatte.

Was war passiert?

Dr. Lambert Lustenau, ein Arzt aus Holzkirchen, der in dieser Nacht Bereitschaft hatte, wurde gegen 01:30 Uhr zu einem Unfall an der Autobahnauffahrt Holzkirchen gerufen. Die Polizei, die von einer Notrufsäule aus alarmiert worden war, hatte bei Ankunft des Arztes bereits folgenden Sachverhalt festgestellt: Eine zunächst unbekannte Person männlichen Geschlechts, Mitte 40, (so klingt Amtsdeutsch!) war von einer Brücke auf die Autobahn gestürzt und dort von einem LKW, der in Richtung München unterwegs war, überfahren worden. Der Polizei war es nicht sofort möglich, die Identität des Toten festzustellen, weil er keinerlei Papiere bei sich trug. Als Dr. Lustenau den Toten sah, fuhr ihm ein Schreck in die Glieder.

„Ich kenne den Mann", stammelte er.

Da er selbst Mitglied im Golfclub Gut Waldskofen war, kannte er den Toten nur zu gut. Es gab für ihn keinen Zweifel, es handelte sich um Anton Huber, den Erben von

Gut Waldskofen, Eigentümer und Betreiber der dortigen Golfanlage.

Dr. Lustenau konnte nur noch den Tod feststellen. Da alles auf einen Suizid hindeutete und die Polizei in einem solchen Fall ermitteln muss, um ein Verbrechen auszuschließen, wurde durch die Autobahnpolizei umgehend die Kriminalpolizei in Rosenheim informiert.

In Rosenheim war für derartige Fälle der Hauptkommissar Maximilian Reischl zuständig. Reischl war ein Mann, wie man sich einen bayrischen Hauptkommissar nur vorstellen konnte. Seine Körpergröße von 1,90 m flößte Respekt ein. Durch seinen mächtigen Schnauzer strahlte er immer eine gewisse Gemütlichkeit aus. Dadurch sollte man sich jedoch besser nicht täuschen lassen. Reischl konnte nämlich gewaltig aus der Haut fahren, wenn etwas nicht nach seinen Vorstellungen ablief. Trotzdem verehrten ihn alle, die ihn näher kannten, weil er ein herzensguter Mensch mit ausgeprägtem Hang zur Fairness war. Es gab nur ein Thema, bei dem er unnachgiebig seine Meinung vertrat und von jetzt auf gleich ungenießbar werden konnte. Dann nämlich, wenn sich jemand als Fan des FC Bayern outete und sich gleichzeitig abfällige Bemerkungen über die Sechziger erlaubte. Da kannte er keinen Spaß. Mit den ‚Großkopferten' der Münchner Bayern wollte er nichts zu tun haben. Bei der Kripo in Rosenheim war dies bekannt, also verhielt man sich entsprechend. Mit Reischl Streit zu bekommen, war besser zu vermeiden.

Niemand im Polizeirevier konnte sich erinnern, ihn jemals anders als mit seiner ausgebeulten Cordhose, dem Janker über weißblauem karierten Hemd und einem Filzhut, den er von seinem Großvater geerbt haben musste, gesehen zu haben.

Hauptkommissar Maximilian Reischl war ein überaus erfahrener Kriminaler, der mit seinen über 50 Jahren einen sehr sportlichen Eindruck machte. Kein Wunder, mindestens 2 x in der Woche trainierte er im Polizeisportverein Rosenheim mit der Volleyballmannschaft und konnte es in Sachen Fitness mit manch jüngerem Kollegen aufnehmen. Seine ruhige, besonnene Art galt bei allen Mitarbeitern der Polizeidirektion als vorbildlich, allerdings nur während normaler Dienstzeiten und von der erwähnten Ausnahme abgesehen. Wenn er, wie in diesem Fall, gegen zwei Uhr nachts aus dem Bett geholt wurde, konnte er ungenießbar werden. Da war es empfehlenswert, einer direkten Begegnung mit ihm aus dem Weg zu gehen und, wenn diese gar nicht zu vermeiden war, ihm keinesfalls zu widersprechen.

Als Reischl über den Anruf der Autobahnpolizei informiert wurde, beorderte er sofort seinen Assistenten, den Kommissar-Anwärter Ludwig Grassinger (genannt Wiggerl) aufs Revier und ließ sich unverzüglich von ihm zum Unfallort fahren, der seiner Auffassung nach durchaus auch Tatort sein konnte, und nahm den Bericht der Beamten vor Ort und die Einschätzung des Arztes entgegen.

„Ist die Spurensicherung verständigt?", wollte er sofort nach der Ankunft wissen.

Alles sprach dafür, dass sich Anton Huber mit der Absicht, sich das Leben zu nehmen, von der Brücke gestürzt hatte und zwar genau in dem Moment, in dem ihn ein LKW überfahren würde.

„Für ein Fremdverschulden gibt es keinerlei Anzeichen. Eine Spurensicherung wird nicht nötig sein", schloss Dr. Lustenau seinen kurzen Bericht.

„Wer macht hier eigentlich welchen Job?" fuhr Reischl den Arzt an. „Wir ermitteln immer, wenn es sich um Selbstmord handelt."

Seine lange Berufserfahrung hatte ihn gelehrt, dass hinter so manchem Selbstmord in Wahrheit ein Kapitalverbrechen steckte. Er wollte sicher gehen.

Ludwig Grassinger schaltete sich ein:

„Es sieht wirklich so aus, wie Dr. Lustenau es erklärt hat. Man hat keine Anzeichen einer Straftat ermitteln können. Wir brauchen die SpuSi nicht."

„Grassinger, das müssen Sie noch lernen! Wenn ich sage, die Spurensicherung soll kommen, dann kommt sie, ist das klar?"

„Jawohl, Herr Hauptkommissar."

Reischl war etwas ungehalten. Erst holte man ihn mitten in der Nacht aus dem Bett, und dann wollte ihn ein Grünschnabel auch noch belehren. Das ärgerte ihn.

Dass er Grassinger für einen Grünschnabel hielt, hatte so seine Gründe. Der junge Mann, der ihm seit einigen Monaten assistieren sollte, fiel eher durch polizeiunübliche Attitüden auf, als durch qualifizierte Arbeit. Offensichtlich hatte er zu viele Krimis im Fernsehen gesehen, an denen er sich orientierte. Wenn sein Chef nicht in der Nähe war, spielte er sich selbst gerne als ‚Chef der Ermittlungen' auf, wobei er eher lächerlich als überzeugend wirkte. Sein wichtigstes Accessoire war eine Designersonnenbrille der Marke Emporio Armani, die er bei seinem letzten Urlaub am Strand der Adria besonders günstig erstanden hatte. Als angehender Kommissar hätte er vielleicht ahnen können, dass er bei dem Kauf der Brille einem Fälscher aufgesessen war, denn bei dem teuren Stück handelte es sich um ein billiges Plagiat. Im Revier wussten das alle, nur Grassinger nicht, was seiner Autorität keineswegs förderlich war.

Ihm war die Brille wichtig. Er glaubte offensichtlich, mit ihr deutlich überzeugender auftreten zu können als ohne. Diese Einbildung führte dazu, dass er sich bei jeder sich bietenden Gelegenheit hinter den dunklen Brillengläsern versteckte.

Die Vorbehalte, die Hauptkommissar Reischl seinem Assistenten gegenüber hegte, hatten allerdings auch noch andere, polizeispezifische Gründe. So hatte er, Reischl, dem vorlauten Grassinger noch nicht verziehen, dass kürzlich die Frau des Bürgermeisters kurzerhand vorläufig festgenommen wurde, weil sie sich weigerte, mit aufs Revier zu kommen, wo sie als Zeugin in einer anderen Angelegenheit hatte aussagen sollen. Das hätte man dem jungen Mann ja vielleicht noch durchgehen lassen und als Übereifer abtun können. Dass sich Grassinger aber danach in der Polizeikantine von den Kollegen für diese mutige Tat euphorisch feiern ließ, ging dem Hauptkommissar zu weit. Außerdem landete am folgenden Tag ein geharnischter Beschwerdebrief des Bürgermeisters bei Reischl, was ihn nochmals auf die Palme brachte. Grassinger musste sich bei der Frau des Bürgermeisters mit einem üppigen Blumenstrauß, den er selbstverständlich aus eigener Tasche bezahlen musste, entschuldigen.

Die SpuSi kam, überprüfte den ‚Tatort' und fand keine verwertbaren Spuren. Wie auch? An dem verrosteten Brückengeländer war nichts zu sehen, die Suche nach Reifenspuren auf asphaltierter Straße machte keinen Sinn, also was sollte die Aktion? Da hätte man doch besser im Bett bleiben können. So dachten die Beamten, trauten sich natürlich nicht, etwas in dieser Art gegenüber Hauptkommissar Reischl zu äußern.

Der Fahrer des LKW stand unter Schock und war, nachdem man seine Personalien aufgenommen hatte, in ein Krankenhaus in Holzkirchen gebracht worden. Er hatte offensichtlich keine Chance, noch zu reagieren und den Unfall zu vermeiden, Bremsspuren gab es jedenfalls nicht.

Der LKW, mit Obst und Gemüse zum Münchner Großmarkt unterwegs, war nach dem Unfall noch fahrtüchtig. Die Spedition, die von den Beamten der Autobahnpolizei informiert worden war, hatte einen Ersatzfahrer auf den Weg geschickt, der die Weiterfahrt übernehmen sollte.

Dr. Lustenau stellte nach ausgiebigem Gespräch mit Hauptkommissar Reischl den Totenschein aus. Reischl sah nach Lage der Dinge nun keinen Anlass mehr, weitere Untersuchungen einzuleiten. Da es tatsächlich keine Spuren gab, die auf fremde Mitwirkung hingedeutet hätten, musste hier von einem Selbstmord ausgegangen werden.

Der Tod war offensichtlich Folge des Sturzes von der Brücke. Der diagnostizierte Genickbruch sprach eindeutig dafür. Dass der Tote anschließend noch von dem LKW überfahren worden war, hatte nach Auffassung des Arztes keine Bedeutung mehr. Da am nächsten Tag auch das Fahrzeug Anton Hubers auf dem Parkplatz der Raststätte Holzkirchen aufgefunden wurde, konnte davon ausgegangen werden, dass Toni das Auto selbst dort abgestellt und sich anschließend von der Brücke gestürzt hatte.

Maximilian Reischl wollte alle Zweifel restlos ausräumen und fand bei seinen Recherchen im privaten Umfeld des Toten den Hinweis auf finanzielle Probleme, die der Anlass für die bedauerliche Verzweiflungstat des Verstorbenen gewesen sein konnten. Das kam ihm sehr gelegen, denn als erfahrener Kriminalbeamter, der schon etliche Tötungsdelikte aufgeklärt hatte, konnte er sich nun absolut sicher sein, dass weitere Ermittlungen nicht erforderlich sein würden.

Außerdem gedachte er, am Wochenende mit seiner Frau für eine Woche nach Südtirol zu fahren. Diese Woche im Frühjahr war seit einigen Jahren zur Routine geworden. Sie liebten es, die Frühlingssonne und das italienische Flair auf der Terrasse im Café Citta am Waltherplatz in Bozen zu genießen oder nach einem Wandertag auf dem Weinwanderweg in Girlan im ‚Marklhof' einzukehren und sich von der vom Gault Millaut mit vier Hauben ausgezeichneten Küche verwöhnen zu lassen.

Auf diese Woche mit seiner Frau, die allzu oft unter seinen plötzlichen, unaufschiebbaren Einsätzen leiden musste, wollte Maximilian Reischl natürlich nicht verzichten. Da konnte er froh sein, dass es nach diesem Zwischenfall an der Autobahn keinen Anlass für weitere Untersuchungen gab und eine Verschiebung der geplanten Reise nicht in Erwägung gezogen werden musste.

Vielleicht hätte er das Auto von Anton Huber doch auf Spuren untersuchen lassen sollen?

***

10

Im Clubhaus löste die Nachricht von Tonis Selbstmord Bestürzung und Unverständnis zugleich aus. Die Menschen beherrschte nur eine Frage: Warum? Was hatte ihn so verzweifeln lassen, dass er sich zu einem solchen Schritt entschlossen hatte? War er nicht glücklich mit seiner neuen Liebe, mit Steffi? Genoss er nicht allerhöchste Anerkennung von allen Seiten für seine freundliche, verbindliche Art?

Über die Landwirtschaft der Familie Huber hörte man nur Positives und die Golfanlage hatte er durch sein Streben nach Perfektion zu einem Wallfahrtsort für anspruchsvolle Golfer entwickelt. Was hatte ihn nur in den Selbstmord getrieben?

Die Ereignisse hatten die Familie und die Gemeinschaft der Golfer in tiefe Trauer gestürzt. Bei der Beisetzung auf dem Friedhof St. Laurentius in Waldskofen bezeugten viele Menschen ihr Beileid, das Fassungsvermögen der

Kapelle reichte bei weitem nicht aus, so dass die Trauerfeier mit Lautsprechern nach draußen übertragen werden musste.

Steffi hatte der Verlust in besonderer Weise getroffen. Hatte sie doch noch am Vorabend mit Toni die gemeinsame Zukunft geplant, in die sie so große Hoffnung gelegt hatte. Jetzt tat sich vor ihr eine große Leere auf, sie wusste nicht, wie es weitergehen sollte. Viele Clubmitglieder, die sie wegen ihrer allzeit guten Laune in ihr Herz geschlossen hatten, versuchten sie zu trösten und sprachen ihr immer wieder Mut zu. Vergeblich.

Zu allem Überfluss erkrankte Steffi auch noch nach kurzer Zeit an einer Darmkrankheit, die lt. Einschätzung von Dr. Lambert Lustenau, dessen ärztlichen Rat Steffi einholte, wahrscheinlich auch psychische Ursachen hatte. Lambert Lustenau kümmerte sich in der Folge ganz intensiv um Steffi, weit über das medizinisch gebotene Maß hinaus. Und so kam es, dass schon wenige Wochen nach Tonis Tod im Club erzählt wurde:

„Habt ihr schon gehört? Steffi und Lambert Lustenau sind ein Paar."

So unglaublich diese Nachricht auch sein mochte, wer Dr. Lustenau besser kannte, wusste, dass kein Rock vor ihm sicher war. So manches Mitglied hatte schon amüsiert, teils auch kopfschüttelnd beobachtet, wie er mit attraktiven jungen Damen, die eher seine Töchter hätten sein können, im Clubrestaurant auftauchte und in aller Öffentlichkeit mit ihnen eine Idee zu intim herumturtelte. Warum sollte dann gerade Steffi vor ihm sicher sein, zumal sie ja seine medizinische Hilfe gesucht hatte und ihm offensichtlich vertraute?

Allerdings gab es kaum jemanden im Club, der nicht darüber verwundert war, wie schnell Steffi Trost gefunden hatte. Aber man gönnte es ihr.

***

11

Im Gesellschaftsvertrag der Betreibergesellschaft der Golfanlage war bestimmt worden, dass die Anteile von Anton Huber nach seinem Ableben seiner Ehefrau Agnes zufallen sollten. Dies hatte nur einen Haken. Agnes hätte damit auch die inzwischen auf eine erkleckliche Summe aufgelaufen Verbindlichkeiten der Gesellschaft übernehmen müssen. Da aber Agnes nicht über eigenes Vermögen verfügte und auch keinerlei Sicherheiten anbieten konnte, waren natürlich auch die Banken nicht bereit, den Betrieb mit entsprechenden Krediten zu unterstützen. In dieser prekären Situation waren Eltern, Schwester und Schwager von Toni bereit, die nötige finanzielle Hilfe zu leisten, vorausgesetzt, Agnes würde auf den ihr zugedachten Anteil verzichten. Da Agnes die finanziellen Forderungen nicht erfüllen konnte und wollte, behielt sie ihre 10%, die restlichen 90 % wurden sofort dem Erben Florian übertragen, der sich der Hilfe der Familie erfreuen konnte. Diese Regelung ergab sich nicht nur wegen der finanziellen Situation der Gesellschaft, die Familie war auch der Meinung, einen guten Weg gefunden zu haben, Agnes auszubooten. Agnes hatte sich nämlich durch ihre außerehelichen Beziehungen sowohl bei Tonis Eltern als auch bei dem Rest der Familie einen Ruf erworben, der sie als Erbin als weniger geeignet erscheinen ließ. Die Familie wusste sehr wohl darauf zu reagieren und zog entsprechende Konsequenzen. Agnes ging weitgehend leer aus.

Gemeinsam stellte man das Kapital zur Verfügung, das eine ausgeglichene Bilanz der Golfbetreibergesellschaft ermöglichte und sicherte somit den Fortbestand der von Anton Huber geschaffenen Golfanlage.

Natürlich spekulierten die Mitglieder, wie es wohl mit der Golfanlage zukünftig weitergehen würde. Auch außerhalb des Clubs, in der gesamten Region, lieferten die Geschehnisse in Waldskofen lange Zeit Gesprächsstoff. So hatte man auch Äußerungen des Präsidenten, Dr. Edmund Strobel, gehört, man müsse jetzt aufpassen, dass die Golfanlage nicht in falsche Hände käme. Er, so wurde erzählt, hätte durchaus Interesse, eine stabile Finanzierung auf die Beine zu stellen und den Golfplatz zu übernehmen, natürlich mit Hilfe der Mitglieder. Dass er als Anwalt und Präsident des Clubs dafür besonders prädestiniert sei, stünde ja wohl außer Frage.

Dieser Versuch, aus dem Tod Anton Hubers so unverzüglich und rücksichtslos Vorteil zu ziehen, kostete den Präsidenten viele Sympathien im Club. Man fand es höchst unangemessen, in der Zeit der allgemeinen Trauer derartige Ideen zu verbreiten. Hinter vorgehaltener Hand wurde erzählt, er hätte schon längere Zeit darüber nachgedacht, wie er wohl in den Besitz der Golfanlage kommen und daraus Kapital schlagen könne. Da kämen ihm die Turbulenzen in der Familie Huber, die der Tod von Anton verursacht hatte, eigentlich doch gar nicht ungelegen.

Andererseits sanken seine Zustimmungswerte bei den Mitgliedern durch sein Verhalten signifikant, was für die anstehenden Vorstandwahlen nichts Gutes verhieß. Um der Blamage einer öffentlichen Demütigung zu entgehen, kandidierte er erst gar nicht für eine Wiederwahl und überließ das Feld einem Nachfolger. Der wurde in Tobias Langmut gefunden, der ein hohes Amt bei der Polizeidirektion Oberbayern bekleidete.

Dem neuen Vorstand war es dann vorbehalten, die ‚Leichen' aufzudecken, die Dr. Strobel mit Duldung durch Anton Huber vergraben hatte. Es zeigte sich nämlich, dass Strobel den Club nach Gutsherrenart geführt und regelmäßig die von ihm selbst verfasste Satzung ignoriert hatte. Das ging so weit, dass für die Mitgliedschaft im Club die unterschiedlichsten Beitragssätze in Ansatz gebracht worden waren, jeweils abhängig vom Wohlwollen des Herrn Präsidenten.

***

12

Florian Huber war gerade 18 Jahre alt, als sein Vater verstarb. Wie im Testament seines Vaters verfügt, konnte er das Erbe noch nicht antreten, dazu musste er noch bis zur Vollendung des 27. Lebensjahres warten. Da Alois Angerbauer, der Freund Antons, als Testamentsvollstrecker bestimmt war, wurden die Angelegenheiten in Sachen Nachfolge zügig geregelt. Alois übernahm die Geschäftsführung der Golfanlage. Für die Landwirtschaft wurde ein fähiger Verwalter engagiert, den Alois nur von Fall zu Fall kontrollieren musste, was für ihn weiter kein Problem war, denn diese Aufgabe deckte sich ja weitgehend mit seinem Beruf als landwirtschaftlicher Berater.

Wegen seiner Beratertätigkeit für etliche Landwirte in Oberbayern und Franken konnte er für die Golfanlage nur einen Tag in der Woche erübrigen, was ihn aber nicht daran hinderte, die beiden Gesellschafter der Betreibergesellschaft, Agnes und Florian, einen Geschäftsführervertrag zu seinen Gunsten unterzeichnen zu lassen, der nicht nur unkündbar war sondern ihm auch Rechte einräumte, mit denen er gegen die Interessen der Gesellschafter arbeiten konnte. Einen Vertrag, den Anteilseigner im Vollbesitz ihrer geistigen Fähigkeiten niemals unterschrieben hätten. Ein Gericht hätte den Vertrag wohl schlichtweg als sittenwidrig und deshalb für nichtig eingestuft.

„Liebe Agnes, lieber Florian, ich bin natürlich bereit, dem Wunsch eures Vaters nachzukommen und die Verantwortung zu übernehmen. Vertraut mir, ich werde mich bemühen, alles im Sinne von Toni zu regeln und nur zu eurem Vorteil handeln", so erschlich sich Alois das Vertrauen der Hinterbliebenen.

Agnes und Florian Huber standen immer noch unter dem Eindruck des plötzlichen Todes von Toni, hatten anderseits auch keinerlei Erfahrung in geschäftlichen Angelegenheiten, so dass sie nicht erkennen konnten, wie sehr sie bei diesem Vertrag ausgetrickst wurden.

Bei nächster Gelegenheit wurde der neue Geschäftsführer im Golfclub vorgestellt. Mit dem Versprechen, es würde sich überhaupt nichts ändern, alles würde im Sinne von Anton Huber weiterlaufen, begann Alois Angerbauer sein Unwesen zu treiben. Er hatte nämlich keineswegs die Absicht, die Geschäfte im Sinne seines verstorbenen Freundes Toni weiterzuführen.

Zunächst versuchte er zu erfahren, warum so geringe Spielgebühren eingenommen wurden, wo doch so viele Gäste auf dem Platz waren. Gerade jetzt im Frühjahr waren erstaunlich viele fremde Golfer nach Waldskofen gekommen, um auf dem Platz zu spielen, der einen so ausgezeichneten Ruf genoss.

„Ich kann überhaupt nicht verstehen, warum wir finanziell so schlecht dastehen, woran liegt das?", fragte er eines Tages den Manager des Clubs, Sebastian Kofler. Der konnte und wollte ihm natürlich keine Auskunft geben. Kofler hatte ja im Auftrag von Anton Huber die Methode verfeinert, mit der völlig unauffällig Geld abgezweigt werden konnte. Die Gästespieler, die häufig in Gruppen die Anlage frequentierten, legten selten auf Quittungen Wert. Ihrem Start auf die Golfrunde stand, nachdem sie ihre Startgebühr bezahlt hatten, nichts im Weg. Warum sollte Kofler, der diesen Ablauf mit Wissen von Anton Huber perfektioniert hatte, auf diese Einnahmequelle verzichten? Da außer Toni und er niemand von dieser illegalen Einnahmequelle wusste, und Toni aus naheliegenden Gründen nicht mehr partizipieren konnte, ergaben sich jetzt für Kofler deutlich bessere Einnahmechancen, die er nur zu gerne nutzte.

Alois Angerbauer hatte gehofft, die Golfanlage in einem Zustand zu übernehmen, der die Erzielung ordentlicher

Gewinne ermöglichen würde. Da hatte er sich aber offensichtlich getäuscht.

„Die Zahlen stimmen nicht", erklärte er eines Tages Florian. „Ich traue dem Manager nicht. Es muss etwas passieren!"

Und es passierte sehr schnell etwas.

Alois Angerbauer engagierte seinen Schwager Josef Hintermoser als Assistenten des Clubmanagers. Wer Josef Hintermoser das erste Mal begegnete, musste den Eindrucks gewinnen, dass Dynamik nicht zu den herausragenden Eigenschaften dieses Mannes zählte. Angeblich war er Mitte 40, seine Körpersprache hätte jedoch eher zu jemandem gepasst, der kurz vor der Pension stand. Der etwas zu massig geratene Körper ließ einen auch nicht auf die Idee kommen, von ihm wegen irgendeiner sportlichen Aktivität besondere Fitness zu erwarten. Kurz: So richtig passte er nicht in ein Umfeld, das im weitesten Sinne ja durch Sport geprägt war.

Es war kaum zu verheimlichen, dass mit diesem Schwager von Alois Angerbauer nicht weniger als ein Kontrolleur installiert werden sollte, mit dem man Kofler auf die Schliche zu kommen gedachte. Die Einarbeitung des ‚Neuen' gestaltete sich deshalb schwieriger als erwartet.

Dass ein Familienangehöriger als ‚Aufpasser' nicht mit offenen Armen aufgenommen werden würde, war klar. Überraschend war jedoch, dass sich Josef, der von seinen Freunden Sepp genannt wurde, in organisatorischen Angelegenheiten als völlig talentfrei erwies. Da ihn die einfachsten Vorgänge überforderten, hatte Steffi immer, nachdem Sepp sie einmal vertreten durfte, umfangreiche Korrekturen an Buchungsunterlagen und Abrechnungen vorzunehmen.

Sepp Hintermoser selbst hielt sich für einen überdurchschnittlich befähigten EDV-Experten, wenngleich er schon nach kurzer Zeit das Gegenteil zu beweisen wusste. Nachdem er die Verantwortung für Soft- und Hardware im Club übernommen hatte, gab es immer wieder bedauerliche Systemausfälle, die den Betrieb nachhaltig störten und Steffi, die das immer auszubaden hatte, oft auf die Palme brachten. Etwa Verantwortung für die Pannen einzuräumen, kam Josef Hintermoser nicht in den Sinn.

Wenige Monate, nachdem Sepp seine unselige Mission angetreten hatte, wurde Sebastian Kofler in einer spektakulären Aktion fristlos entlassen. Diese voreilige Maßnahme sollte später eine Menge Geld kosten, denn die fristlose Kündigung musste im Verlauf eines Arbeitsgerichtsprozesses in eine ordentliche Kündigung umgewandelt werden, zusätzlich wurde eine ansehnliche Abfindung fällig.

Allerdings war nun der Weg frei, und Sepp konnte seine Unzulänglichkeiten noch häufiger unter Beweis stellen. Er sollte nun zum Clubsekretär aufsteigen und besuchte deshalb mehrere Seminare beim Deutschen Golfverband, wo er auf irgendeine Weise zu dem Titel ‚Golfbetriebswirt' kam. Leider ging die Ausbildung weitgehend spurlos an ihm vorüber, so dass er von immer mehr Mitgliedern statt Sepp hinter vorgehaltener Hand ersatzweise ‚Depp' genannt wurde.

Die Mitglieder erlebten, einige Zeit nachdem er sich diesen wenig schmeichelhaften Beinamen eingehandelt hatte, noch andere Beweise seiner überschaubaren Fähigkeiten. So übernahm er bei diversen Umbauarbeiten auf der Golfanlage die Bauleitung, was nicht nur bei den beauftragten Bauunternehmen wenig Begeisterung auslöste sondern in aller Regel auch zu empfindlichen Terminverzögerungen führte.

***

13

Unter der Leitung von Alois Angerbauer kam die Betreibergesellschaft einfach nicht aus den roten Zahlen. Obwohl die Zahl der Mitglieder sich positiv entwickelte, eine beachtliche Zahl von großzügigen Sponsoren gewonnen wurde und viele Gäste aus Österreich und der Schweiz in Waldskofen Golf spielten, ging es finanziell einfach nicht voran. Da die Gesellschafter wegen des von Anton Huber hinterlassenen Testaments keinen Einfluss hatten, allenfalls informiert, aber nicht gefragt wurden, mussten die Bilanzen von Jahr zu Jahr aufwändiger ‚geschönt' werden. Die Schwester von Toni, die mit ihrem Mann nach dem Tod ihres Bruders eine größere Summe bereitgestellt hatte, damit die Golfanlage weiter betrieben werden konnte, hatte einem von den Banken geforderten Rangrücktritt zugestimmt, was dem Verzicht auf Sicherheiten gleichkam.

Inzwischen reichte auch diese Maßnahme nicht mehr, um eine Insolvenz der Betreibergesellschaft zu verhindern.

Florian wurde veranlasst, aus der ihm zugeflossenen Lebensversicherung 750.000 Euro in die Gesellschaft zu schießen, um den Konkurs abzuwenden.

Der Auszahlung der Lebensversicherung war nach dem Tod von Florians Vater eine lange Auseinandersetzung mit der Versicherung vorausgegangen, die die Zahlung mit Verweis auf das Versicherungsvertragsgesetz (VVG) verweigert hatte. Bei einem Suizid würde die Zahlung nur dann fällig, wenn der Handlung eine nachweisliche Unzurechnungsfähigkeit zugrunde liegen würde, so argumentierte die Versicherung.

Diesem Hinderungsgrund widersprach der Anwalt der Familie Huber - sie ließ sich inzwischen nicht mehr von Dr. Strobel vertreten - mit dem Hinweis, dass der Versicherer seit 1.1.2008 sehr wohl zur Zahlung verpflichtet sei. Die Ursache des Todes dürfe keine Rolle spielen. Eine Leistungspflicht bestehe nur dann nicht, wenn der Abschluss der Lebensversicherung weniger als drei Jahre zurück liege.

Alois Angerbauer hatte es also nicht geschafft, die Betreibergesellschaft der Golfanlage zum Erfolg zu führen. Die Gründe waren vielfältig. Da er nur wenig Zeit investierte, liefen ihm einige Dinge gewaltig aus dem Ruder. So z.B. die Pflege des Platzes, für die ja inzwischen Stanislaw Nowak als Head-Greenkeeper verantwortlich war. Alois Angerbauer war zu selten anwesend und der sich inzwischen als Chef aufspielende Schwager hatte zu wenig Ahnung, um für die Platzpflege klare Anweisungen zu geben. So hatten die Aktivitäten auf dem Platz mit der Zeit deutlich an Wirksamkeit verloren, was auch damit zusammenhing, dass erforderliche Überstunden, die in der Saison unabdingbar sind, um eine Golfanlage auf hohem Niveau zu halten, durch Alois Angerbauer einfach untersagt wurden. Er wollte dadurch Kosten reduzieren, leider an der falschen Stelle.

Allerdings kam Stanislaw Nowak diese Beschränkung seiner Arbeitszeit nicht ungelegen. Seine Begeisterung, sich um die Platzpflege zu kümmern, hatte nämlich nach dem Führungswechsel in der Betreibergesellschaft ohnehin deutlich nachgelassen. Er hielt sich nun streng an die Vorgaben der mit Fachwissen kaum belasteten Vorgesetzten, auch wenn die getroffenen Entscheidungen oft zum Nachteil des Platzes ausfielen. Er fühlte sich einfach nicht mehr dafür verantwortlich, weil ja andere zu entscheiden hatten und die es offensichtlich auch nicht besser wollten.

Stanislaw wohnte mit seiner Frau in einem Haus, das zum Gut Waldskofen gehörte. Diese Wohnsituation hatte erhebliche Vorteile. Abgesehen von der günstigen Miete sparte er sich die morgendliche Anfahrt zum Arbeitsplatz. Er war quasi immer vor Ort. Der einzige Nachteil, der sich später herausstellen sollte, war, dass das Haus sehr klein war, gerade für zwei Personen ausreichend, aber nicht für Familienzuwachs ausgelegt. Da die Frau von Stanislaw, nicht lange nachdem er Head-Greenkeeper geworden war, schwanger wurde, musste auf absehbare Zeit eine andere Lösung angestrebt werden.

Es ergab sich die Möglichkeit, im Nachbarort ein kleines Haus zu kaufen, das den Platzansprüchen der kleinen Familie sehr entsprach. Das Haus war zwar renovierungsbedürftig, was aber für den handwerklich begabten Stanislaw kein Problem war. Die Verhältnisse auf der Golfanlage mit den reduzierten Arbeitszeiten passten da gut in die Vorstellung Stanislaws, er hatte genug Zeit, sich um Familie und Haus zu kümmern. Die Prioritäten wurden einfach zum Nachteil der Golfanlage verschoben. Wie Stanislaw mit den bescheidenen Einkünften eines Greenkeepers die Finanzierung des Hauses hinbekommen hatte, konnte man sich im Club allerdings nicht erklären. Aber vielleicht hatte ja die Familie aus Polen mit einer Finanzspritze nachgeholfen.

Die Folgen der zunehmend vernachlässigten Platzpflege waren katastrophal. Im nächsten Frühjahr befand sich der Platz in einem erbärmlichen Zustand, der die Mitglieder des Clubs verärgerte. Die Gastspieler dagegen, deren Spielgebühren so dringend benötigt wurden, blieben einfach weg, weil sich die Zustände in Waldskofen in der sensiblen Golfszene schnell herumgesprochen hatten.

Die bisher über alle Maßen engagierte Steffi und der von Mitgliedern und Gästen in gleicher Weise geschätzte Wirt hatten einen Großteil ihrer Motivation eingebüßt, weil sie sowohl von Alois Angerbauer als auch von seinem Schwager Sepp Hintermoser permanent gemobbt wurden.

Für diese unerfreuliche Entwicklung wollte Alois Angerbauer keineswegs verantwortlich zeichnen, schon gar nicht für die Fehlentscheidung, die er mit der Einstellung seines Schwagers getroffen hatte. Sich wieder von ihm zu trennen, wäre ohne erhebliche Verwerfungen in der Familie wohl kaum möglich gewesen. Es müsste eine Lösung gefunden werden, die die Vorteile nicht gefährdete, die sich aus der Testamentsvollstreckung ergeben hatten, und die ihn, Alois Angerbauer, mit sauberer Weste dastehen ließ. Sein guter Freund und Studienkollege sollte helfen: Ignaz Weidinger.

***

14

Sie trafen sich im Gasthaus zum Stockhammer, der bekannten Rosenheimer Einkehr und bestellten den ofenfrischen Schweinsbraten mit deftiger Dunkelbiersoße, hausgemachtem Semmel- und Kartoffelknödel und Speck-Krautsalat, dazu eine Maß Flötzinger Hell, und sprachen darüber, wie es denn nun in Waldskofen weitergehen sollte.

„Also", begann Alois, „wenn wir unseren Plan erfolgreich zu Ende bringen wollen, musst du mir jetzt helfen".

„Warum das denn?" fragte Ignaz, „es läuft doch alles nach Plan, du hast doch alles im Griff, oder?"

„Eben nicht, Ignaz, die Dinge haben sich anders entwickelt, als ich es mir vorgestellt hatte. Mein Schwager, dieser Versager, inszeniert nur Katastrophen, die Mitglieder sind aufgebracht. Ich muss etwas ändern, sonst kann ich für den Fortbestand der Golfanlage nicht garantieren. Und unseren Plan kannst du dann auch vergessen."

Alois hatte in einer etwas höheren Tonlage gesprochen. Es schien ernst zu sein.

„Ich weiß gar nicht, was du hast, unsere gemeinsame Firma entwickelt sich doch prima. Wir haben kaum Kosten und die Gewinne steigen von Monat zu Monat", Ignaz war offensichtlich mit der Situation sehr zufrieden und verstand die Aufregung von Alois überhaupt nicht.

Die Firma, die Alois und Ignaz vor einiger Zeit gemeinsam gegründet hatten, war nicht offiziell bekannt und es wäre auch gut, wenn diese unternehmerische Tätigkeit der beiden nicht an die große Glocke gehängt werden würde. Die Ziele dieser Firma waren nämlich keineswegs darauf ausgerichtet, der Familie Huber und der Betreibergesellschaft zum Vorteil zu gereichen. Alois und Ignaz hatten durchaus andere Ideen, die sie aber aus gutem Grund für sich behielten.

„Also, was willst du?", wollte Ignaz von Alois wissen.

„Ignaz, wie sieht deine derzeitige berufliche Situation aus?", fragte Alois zurück.

Alois gedachte seinen Vorschlag vorsichtig anzubringen und dabei auf Befindlichkeiten von Ignaz Rücksicht zu nehmen. Er wusste, dass bei Ignaz beruflich nicht immer alles reibungslos gelaufen war. Es waren eher Gelegenheitsjobs, mit denen er seine Familie über Wasser halten musste. Immerhin besaß er Visitenkarten, die ihn als Unternehmensberater auswiesen, was ihm einen gewissen Status, aber keineswegs das dazugehörige Einkommen sicherte. Auch seine Mitgliedschaft in der SPD hatte nicht gerade positiven Einfluss auf seine beruflichen Chancen. Wer wollte denn auch gerade in Passau, einer Hochburg der CSU, mit einem ‚Roten' Geschäfte machen oder ihn gar als Mitarbeiter beschäftigen? Die SPD stellte zwar den Bürgermeister und hatte im Stadtrat durchaus Gewicht, aber in der Geschäftswelt Passaus sah das gänzlich anders aus.

Wenn er wenigstens in seiner Partei einigermaßen erfolgreich gewesen wäre, aber bei der letzten Kommunalwahl hatte er es auch nur auf den 16. Listenplatz geschafft und damit von vornherein keine Chance, einen Sitz im Stadtrat zu erhalten.

So konnte Ignaz sein bescheidenes Wissen leider nur in Einzelfällen bei Auftraggebern nördlich des ‚Weißwurstäquators' kapitalisieren. Da war es gut, dass seine Ehefrau aus einem begüterten Elternhaus stammte, wodurch sich seine Erfolglosigkeit etwas leichter verschmerzen ließ.

„Ich verstehe deine Frage nicht, was hat meine berufliche Situation mit der Golfanlage zu tun?", hakte Ignaz irritiert nach. Wenn er auf seine beruflichen Aktivitäten angesprochen wurde, reagierte er meistens etwas unwirsch. Er wusste selbst, dass er nicht besonders erfolgreich war.

„Na gut, ich will nicht lange drum herumreden, ich möchte, dass du meinen Job als Geschäftsführer der Betreibergesellschaft übernimmst", stellte Alois seinem Freund Ignaz seine schlitzohrige Idee vor.

Ignaz musste eine Weile nachdenken, bis er reagieren konnte. „Und was soll das?"

„An einem Tag in der Woche ist das nicht zu machen, das ist ein Full-Time-Job, den ich nicht leisten kann. Du weißt, was ich sonst noch zu tun habe", klärte Alois ihn auf.

Dass er sich auch um eine höchst unangenehme Aufgabe drücken wollte, verschwieg er. Alois spekulierte natürlich darauf, dass Ignaz den Versager Sepp Hintermoser ‚entsorgen' und er, Alois, seine Hände in Unschuld waschen könnte. Er hätte dann ja keinen Einfluss mehr darauf, wie man seitens des Managements mit dem Bruder seiner Frau umgehen würde und könnte dann gegenüber seiner Familie sogar eine gewisse Entrüstung zeigen. Diese Gedanken behielt er natürlich zunächst für sich.

Ignaz, der angeblich von Anton Huber schon vor Jahren einmal gebeten wurde, die Golfanlage zu managen, es aber wegen anderer Projekte, in die er gerade eingebunden war, abgelehnt hatte, gab vor, er müsse das mit seinen anderen anstehenden beruflichen Verpflichtungen abgleichen, aber er könne sich das ja einmal überlegen.

In Wahrheit kam das Angebot für Ignaz gerade zur rechten Zeit, weil sein letzter Auftraggeber seine Arbeit nicht so überzeugend fand, als dass er den befristeten Vertrag hätte verlängern wollen.

Alois und Ignaz wurden sich schnell einig. Der Niedergang der Golfanlage, den Alois eingeleitet hatte, wurde von Ignaz nun konsequent fortgesetzt. Insoweit wurde eine gewisse Kontinuität sichergestellt. Und Alois war zunächst einmal aus dem Schneider.

***

15

Völlig überraschend wurde den Mitgliedern mitten in der Saison der neue Geschäftsführer Ignaz Weidinger vorgestellt. Man munkelte, er hätte kurz vorher noch einen Golflehrgang absolviert, um wenigstens den Anschein erwecken zu können, vom Golfsport etwas zu verstehen. Leider blieb es bei dem Anschein, denn er hatte weder eine Vorstellung vom Golfsport, noch besaß er irgendwelche Kenntnisse, die ihm bei der Führung einer Golfanlage hätten helfen können.

In einer kurzfristig anberaumten Versammlung wurde den Mitgliedern erläutert, dass nun unter der Leitung des neuen Geschäftsführers, der die Aufgabe, anders als sein Vorgänger, nun im Rahmen eines ‚Full-Time-Jobs' übernehmen könnte, alles besser würde und man am Anfang einer sehr positiven Entwicklung stehe.

Es soll sogar Mitglieder gegeben haben, die das glaubten.

Die Realität sah ganz anders aus. Ignaz Weidinger beschloss unverzüglich Veränderungen und daraus resultierende Maßnahmen, die ausnahmslos seiner Ahnungslosigkeit geschuldet sein konnten. Eine der wenigen Entscheidungen, die ihm allseits Zustimmung einbrachte, war die Entlassung von Sepp Hintermoser, der allerdings noch für etliche Monate bezahlt wurde und, wenn man den Gerüchten glauben wollte, noch eine ansehnliche Abfindung kassiert hatte. Aber gut, Ignaz wollte ja die freundschaftlichen Kontakte zur Familie Angerbauer auch nicht zu sehr strapazieren.

Um nicht nur in der Betreibergesellschaft freie Hand zu haben, sondern auch maßgeblichen Einfluss auf die Geschicke des Golfclubs zu gewinnen, galt es für Ignaz Weidinger, den Clubvorstand auf seine Seite zu bringen, oder besser: gefügig zu machen. Aus seiner Sicht war es nämlich nicht hinnehmbar, dass im Club irgendetwas geschah, was gegen seine Interessen lief. Glücklicherweise hatte er es mit einem Präsidenten zu tun, der sich problemlos manipulieren und demzufolge zu einem willenlosen Werkzeug in seinem Sinne formen ließ. Dies hatte Ignaz Weidinger schon nach kurzer Zeit erkannt und zu nutzen gewusst.

Tobias Langmut, der Präsident, hatte sich gerne zum Nachfolger von Dr. Edmund Strobel wählen lassen, weil ihm der Zuwachs an Anerkennung, auf den er als Präsident hoffen konnte, durchaus gelegen kam. Der Zeitaufwand für dieses Ehrenamt war überschaubar, die Vorteile, die ihm durch diese Position sicher waren, aber durchaus ansehnlich. So konnte er als Präsident auf allen Golfplätzen Deutschlands kostenfrei spielen und auch diverse andere Annehmlichkeiten in Anspruch nehmen.

Da er beruflich in Seminaren für Polizisten hin und wieder zum Thema Konfliktbewältigung referieren musste, hielt er sich für befähigt, auch im Golfclub Konflikte zwischen rivalisierenden Gruppen im Keim zu ersticken. In der Praxis sah das nach Amtsantritt von Ignaz Weidinger meistens so aus, dass er die Position einnahm, die zum Vorteil des Betreibers gereichte und die natürlich von Ignaz Weidinger vorgegeben worden war. Die Belange der Mitglieder des Club standen da weniger im Fokus seiner Bemühungen.

Nachdem das Problem namens Josef Hintermoser gelöst worden war und der Präsident, so sah es jedenfalls aus, bei weiteren Veränderungen wohl keine Schwierigkeiten bereiten würde, konnte sich Ignaz anderen wichtigen Aufgaben widmen, die den Mitgliedern allerdings längst nicht so schmeckten, wie die Entlassung des unfähigen Managers. Es ging nämlich um die Besetzung des Sekretariats. Auch intensive Mobbing-Aktionen hatten Steffi bislang nicht veranlassen können, ihren Arbeitsplatz von sich aus zu kündigen. Sie nutzte zwar jede Gelegenheit, die Mitglieder auf die Missstände unter der neuen Führung hinzuweisen, blieb dabei aber immer freundlich und erfüllte ihre Aufgaben weiterhin vorbildlich. Außerdem liebte sie die Arbeit im Club sehr und genoss die Nähe zu den meisten Mitgliedern, die sie ja teilweise schon sehr lange kannte. Einen Job, der mit so vielen Emotionen zusammenhängt, gibt man nicht leichtfertig auf. Die aus der Verärgerung mal geäußerte Absicht: „Am Saisonende ist hier Schluss für mich, das lasse ich mir nicht länger gefallen", musste man deswegen auch nicht auf die Golfwaage legen.

Ignaz blieb also, wenn er sie aus dem Sekretariat entfernen wollte, nur die Möglichkeit der Kündigung. Genauso kam es, und der Präsident ließ es geschehen. Es gab seitens des Vorstands nicht den leisesten Versuch, diesen Schritt, der gleichzeitig ein Eingriff in den Clubfrieden darstellte, zu verhindern.

Nun gab es für Ignaz noch eine andere, ungleich schwierigere Baustelle. Er hatte sich in den Kopf gesetzt, mit der Gastronomie mehr Geld zu verdienen und meinte, wenn er sich von dem Pächter der Clubgaststätte trennen würde, hätte er die Chance, deutlich bessere Einnahmen zu erzielen. Auch hier irrte er gewaltig.

Nach langen Auseinandersetzungen, die letztlich auch den eingeschalteten Anwälten ordentliche Einnahmen verschafften, hatte Ignaz sein Ziel erreicht.

Ohne irgendeine Art von Fachkenntnis war er nicht nur verantwortlich für eine Golfanlage, er hielt sich nun auch noch für geeignet, eine Clubgastronomie erfolgreicher zu führen als ein ausgemachter Profi. Wenn es im Club noch irgendwelche Zweifel an der Selbstüberschätzung des neuen Geschäftsführers gegeben hätte, mit diesem Schritt waren sie ausgeräumt.

***

16

Man konnte es drehen und wenden, wie man wollte, die Stimmung im Club hatte wegen der durch Ignaz Weidinger mit Gewalt und Ignoranz durchgesetzten Veränderungen erheblich gelitten. Stammgäste, die eigentlich in jedem Jahr ein paar Tage im Mangfalltal verbrachten und die Golfanlage Gut Waldskofen frequentiert hatten, blieben aus. Der exorbitante Mitgliederschwund war offenkundig. Nach Ignaz Weidingers erstem Jahr als Geschäftsführer hatte der Club 25 % weniger Mitglieder, was nicht zu verheimlichen war, weil diese offiziellen Daten vom Bayerischen Golfverband (BGV) veröffentlicht wurden.

In Mitgliederkreisen wurde inzwischen darüber diskutiert, welche Ziele der neue Geschäftsführer eigentlich verfolgte. Wichtige Maßnahmen, die geeignet gewesen wären, die finanzielle Situation des Betreibers nachhaltig zu verbessern, wurden unterlassen bzw. eingestellt. So wurde z.B. die Betreuung von wichtigen Sponsoren völlig vernachlässigt. Bemühungen, um neue solvente Partner für eine Zusammenarbeit zu gewinnen, blieben aus.

Selbst Florian, der zunächst für Ignaz Feuer und Flamme war und meinte, er hätte endlich den väterlichen Freund gefunden, der ihn nun in allen Belangen unterstützen und die Golfanlage weiterentwickeln könnte, äußerte die ersten Zweifel und ging langsam auf Distanz.

Irgendwann dachte er wohl über einen gut gemeinten Rat eines erfahrenen Mitglieds nach.

„Florian, du musst etwas unternehmen", wurde ihm empfohlen. „Wenn du den Weidinger weiter wirken lässt, gibt es deine Golfanlage nicht mehr lange. Merkst du denn nicht, dass die negativen Ergebnisse der Betreibergesellschaft voll auf dein Privatvermögen durchschlagen? Willst du den Rest der Lebensversicherung deines Vaters auch noch aufs Spiel setzen?"

Irgendwann sah Florian das ein, jedenfalls nahm er sich vor, Ignaz Weidinger zu entlassen. Hier zeigte sich allerdings seine Unerfahrenheit. Er hätte wissen müssen, dass letztlich der Testamentsvollstrecker, nämlich Alois Angerbauer, das Sagen hatte, und demzufolge Florian eine derartige Entscheidung nicht treffen konnte. Was er natürlich auch nicht wissen konnte war, dass Alois Angerbauer und Ignaz Weidinger an einem Plan arbeiteten, der nach einer Demission Ignaz Weidingers vorschnell gescheitert wäre.

Ohne diese Erkenntnis suchte Florian mit Alois und Ignaz ein Gespräch, das einen für Florian sehr unangenehmen Verlauf nahm, für Alois und Ignaz jedoch letztlich fatale Folgen haben sollte.

Florian beschrieb die Situation im Club, gab die Stimmung wieder und forderte Erklärungen für die unbefriedigende Entwicklung. Er hatte schließlich auf die Managementqualitäten von Ignaz gezählt und dem von seinem Vater bestimmten Testamentsvollstrecker vertraut. Natürlich gab es keine schlüssige Erklärung, warum sollte man auch diesem ‚Jüngling' Zusammenhänge erläutern, die er wahrscheinlich sowieso nicht verstehen würde?

Da hatten sie aber Florian falsch eingeschätzt.

„Ich möchte, dass Ignaz als Geschäftsführer zurücktritt, weil ich nicht glaube, dass er der Aufgabe gewachsen ist", erklärte er seine Absicht.

Damit hatten die beiden nicht gerechnet. Was erlaubte sich dieser unerfahrene Bengel? Aus der Verärgerung heraus entgegnete ihm Alois: „Was soll das? Willst du so enden wie dein Vater?"

Diese Bemerkung passte weder zum diskutierten Thema, noch war sie angesichts der Situation in irgendeiner Weise vertretbar. Es war schlicht und einfach eine Frechheit, rücksichtslos und ohne jedes Taktgefühl gegenüber einem jungen Mann, der vor wenigen Jahren seinen Vater durch einen Selbstmord verloren hatte, eine solche Aussage zu machen.

Florian war geschockt. Ihm schossen die Tränen in die Augen, sagen konnte er nach dieser Unverschämtheit nichts. Es war ihm nicht möglich, über diesen ungeheuerlichen Spruch überhaupt nachzudenken oder ihm spontan vielleicht irgendeine Bedeutung zuzumessen. Er stand auf und verließ wortlos, ohne die beiden noch eines Blickes zu würdigen, den Raum.

***

17

Florian brauchte lange, um das mit Alois und Ignaz Erlebte einigermaßen zu verarbeiten. Die Enttäuschung saß tief, so tief, dass bei ihm erste Zweifel aufkamen, ob denn sein Vater den richtigen Testamentsvollstrecker beauftragt hatte. Handelten Alois und Ignaz wirklich in seinem Interesse oder gab es da etwas, was er nicht wusste? Warum wurde er über wichtige Details der Geschäftsführung nicht informiert? Er nahm sich vor, in Zukunft etwas aufmerksamer zu sein und sein blindes Vertrauen durch gesundes Misstrauen zu ersetzen. Dazu gehörte auch, dass er nun öfter als bisher einen Blick ins Büro warf und - besonders wenn Ignaz unterwegs war - auf dem Schreibtisch der Geschäftsleitung den einen oder anderen Brief las, der ihm sonst verborgen geblieben wäre. Die Sekretärin im Vorzimmer bekam seine Schnüffelei nicht mit, er gab vor, zu telefonieren und schloss deshalb die Tür zwischen Büro und Vorzimmer.

Ungefähr drei Wochen nach dem Gespräch mit Alois und Ignaz fiel ihm eine Rechnung in die Hände. Sie war ausgestellt von einer Firma ‚Beratungskontor für Golfanlagen

AG' mit Sitz in der Schweiz im Kanton Appenzell. In Rechnung gestellt wurden Beratungsleistungen für den Zeitraum eines Monats über 12.000 Euro. Verständlich, dass Florian stutzig wurde. Von einem derartigen Beratungsauftrag hatte er keine Ahnung. Niemand hatte ihn informiert.

Am nächsten Tag sprach er Ignaz Weidinger auf diese Rechnung an. Ignaz reagierte aufbrausend und laut.

„Was geht dich das an? Wie kommst du dazu, in meinen Unterlagen zu schnüffeln?", fuhr er Florian an.

„Als Gesellschafter habe ich ja wohl das Recht, zu erfahren, was hier gespielt wird!", gab Florian sachlich zurück.

„Hast du nicht", blaffte Ignaz zurück, „in deinem Namen kann nur der Testamentsvollstrecker, also Alois, Auskünfte und Einsicht in die Bücher verlangen. Du solltest uns vertrauen, wir tun für dich und die Golfanlage schon das Richtige."

Dann brach er das Gespräch mit Hinweis auf einen wichtigen Termin ab und ließ Florian stehen.

Florian war sich unsicher. Was sollte er unternehmen? Da er keinerlei kaufmännische Ausbildung genossen hatte, war er über seine Rechte als Gesellschafter nicht genau informiert. Sein Gefühl sagte ihm, dass Ignaz und Alois etwas vor ihm verheimlichten. Er wollte sich mit der Auskunft von Ignaz nicht zufrieden geben und suchte das Gespräch zunächst mit seiner Mutter und dann mit dem Anwalt der Familie.

Die Auskunft, die er dort bekam, entsprach überhaupt nicht seinen Vorstellungen.

„Natürlich", so führte der Anwalt aus, „hat der Geschäftsführer einer GmbH nach § 51a GmbH-Gesetz jedem Gesellschafter unverzüglich Auskunft über die Angelegenheiten der Gesellschaft zu geben und die Einsicht der Bücher und Schriften zu gestatten."

Florian staunte und sah sich schon vor den Büchern der GmbH sitzen.

„Aber", fügte der Anwalt hinzu, „für deinen Gesellschaftsanteil handelt zur Zeit nur Alois Angerbauer, den man ja wohl kaum zwingen kann, dir den nötigen Einblick zu verschaffen. Das ist zwar moralisch verwerflich, aber rechtlich nicht anfechtbar."

Es gebe aber einen Ausweg, der den Blick in die Bücher ermöglichen würde. Agnes, die Mutter von Florian, hätte nämlich wegen ihres 10%igen Anteils sehr wohl auch das Recht, die Bücher einzusehen. Also wurde beschlossen, dass Agnes sich ein Bild über das Geschäftsgebaren des Herrn Weidinger verschaffen sollte. Sie selbst war sich nicht sicher, eine Bilanz richtig lesen oder auch andere buchhalterische Tricks erkennen zu können. Deshalb bat sie ihren persönlichen Steuerberater, sie zu begleiten.

Es war keineswegs überraschend, dass Ignaz Weidinger mit allen Mitteln versuchte, das Treffen mit Agnes zu verhindern. Erst standen Termine im Wege, dann waren die Bücher außer Haus beim Steuerberater, später war die Bilanz in Bearbeitung und noch nicht aussagefähig und derlei Ausreden mehr. Schließlich gab es kein Entrinnen mehr, Agnes und ihr Steuerberater nahmen die Bücher der Golfbetreibergesellschaft in Augenschein.

Überraschung und zugleich Bestürzung waren das Ergebnis. Es stellte sich heraus, dass nach Übernahme der Geschäftsführung durch Alois Angerbauer jeden Monat ca. 12.000 Euro honorar an ein ‚Beratungskontor für Golfanlagen' in der Schweiz überwiesen wurden. Diese Praxis wurde nach dem Wechsel in der Geschäftsführung von Alois Angerbauer auf Ignaz Weidinger unverändert fortgesetzt.

Auf konkrete Fragen konnte oder wollte Ignaz Weidinger keine Auskunft geben. Die Vereinbarung mit dem Beratungskontor hätte noch Alois Angerbauer getroffen. Er habe auf Anweisung von Alois diese Praxis fortgeführt.

„Was war denn der Gegenstand der über so viele Jahre gehenden Beratungstätigkeit?", wollte der Steuerberater im Namen von Agnes wissen.

„Soweit ich weiß, ging es um Finanzanlagen und Marketingkonzepte. Aber Vertragsdetails kenne ich nicht", war die ausweichende Antwort von Ignaz.

Die ‚Buchprüfung' endete aus der Sicht von Agnes und Florian denkbar unbefriedigend. Sie wollten nun auf den schriftlichen Bericht des Steuerberaters warten und dann weitere Schritte überlegen. So ging es jedenfalls nicht weiter.

***

18

An dem Tag, an dem Florian mit seiner Mutter und mit Unterstützung durch den Steuerberater versuchte, Licht in die undurchsichtigen Geschäftspraktiken von Ignaz Weidinger zu bringen, fand am Abend im Restaurant ‚Il Cortile' in Rosenheim wieder einmal ein Pokerabend statt. Natürlich im Nebenzimmer, wo es nicht weiter auffiel, wenn auch größere Summen den Besitzer wechselten. Luigi und Carlo waren mit dem Verlauf des Abends sehr zufrieden. Das Spielglück war ihnen hold gewesen, auch wenn nicht außer Acht gelassen werden konnte, dass sie dem Glück etwas nachgeholfen hatten. Aber das war ja nicht unüblich.

Die beiden Spielpartner, die sie ordentlich über den Tisch gezogen hatten, waren bereits übellaunig aufgebrochen. Die Verabschiedung war weniger herzlich als sonst, gleichwohl wollten sie demnächst wieder erscheinen, um dann Revanche zu nehmen.

Luigi und Carlo waren angesichts der positiven Spielergebnisse deutlich besser gelaunt und beschlossen, den Erfolg noch zu begießen.

„Giovanni, bring uns bitte eine Flasche Brunello, wir haben einen erfolgreichen Abend zu feiern". Luigi fand, man müsse sich nach einer optimal verlaufenen Pokerrunde auch einmal etwas gönnen. Er wusste, dass Giovanni für besondere Anlässe ein paar Flaschen Brunello di Montalcino Riserva DOCG 2005, Poggio di Sotto, im Keller hatte. Natürlich stand dieser edle Tropfen nicht auf der Karte.

Giovanni hatte Luigi einmal erzählt, dass dieser Wein bereits im Einkauf über 120 Euro kosten würde und er bei normaler Kalkulation im Restaurant einen Preis nehmen müsste, den kein Gast zu zahlen bereit sei.

Bei Luigi machte Giovanni eine Ausnahme, erstens rückte er eine Flasche dieser Rarität heraus, zweitens berechnete er einen moderaten Preis, der kaum die Kosten deckte. Giovanni wusste eben immer, wie wichtig es war, Luigi bei bester Laune zu halten. Luigi wiederum wusste das zu schätzen und hatte von Fall zu Fall ein Einsehen, wenn Giovanni das fällige Schutzgeld nicht termingerecht begleichen konnte. Eine Hand wäscht eben die andere, auch unter italienischen Freunden.

Nachdem der Wein dekantiert und eingeschenkt worden war, ließen Luigi und Carlo sich den guten Tropfen aus der Toskana schmecken, selbstverständlich war Giovanni mit einem Glas beteiligt. Als Giovanni zu einem Gast ins Restaurant gerufen wurde und Luigi und Carlo unter sich waren, kam Luigi auf eine Angelegenheit zu sprechen, die zwar schon ein paar Jahre zurücklag, seiner Meinung nach aber noch nicht erledigt war.

„Carlo", begann Luigi, „du erinnerst dich an Toni. Denkst du, dass über die Sache inzwischen Gras gewachsen ist? Er hat ja damals seine Schulden bei uns nicht rechtzeitig bezahlen können, deshalb war sein Ende wohl unausweichlich. Die Familie hat sich hoffentlich inzwischen mit dem Selbstmord abgefunden, was meinst du?"

„Stimmt", räumte Carlo ein, „die Polizei hat nicht weiter ermittelt. Soweit ich weiß, wurde der Fall inzwischen zu den Akten gelegt".

„Wir werden den Fall allerdings nicht zu den Akten legen, gerade weil die Polizei offensichtlich kein Interesse hat, die Vorgänge um den Selbstmord von Toni weiter zu untersuchen, wird es für uns interessant", meinte Luigi.

„Was hast du vor?"

Carlo ahnte schon, was Luigi im Schilde führte.

Luigi, der sich über die Frage von Carlo ein wenig wunderte - sie stimmten doch sonst in ihren Gedanken immer überein - rückte etwas näher an Carlo heran, schaute ihm in die Augen und fragte: „Willst du etwa auf 100.000 Euro verzichten?"

Carlo war von dieser Antwort natürlich nicht überrascht, eigentlich hatte er schon viel früher damit gerechnet, dass Luigi in Sachen Spielschulden aktiv werden würde. Schließlich ging es um eine ansehnliche Summe.

„Pass auf" klärte Luigi Carlo auf, „der Toni hat zwar seine gerechte Strafe bekommen, aber auf das Geld wollen und werden wir nicht verzichten! Spielschulden sind Ehrenschulden, auch über den Tod hinaus!"

„Wie willst du denn an das Geld herankommen? Wenn du bei der Familie auftauchst, werden sie dich verhaften!" befürchtete Carlo.

„Aber Carlo, für wie naiv hältst du mich eigentlich? Mit Tonis Ableben haben wir nichts zu tun", dabei zwinkerte Luigi seinem Freund aufmunternd zu.

In der Folge erläuterte Luigi seinen Plan. Er habe erfahren, dass in der Familie Huber wieder alles in einigermaßen regulären Bahnen liefe. Die Witwe hätte sich inzwischen trösten lassen, und der Junior hätte aus einer Lebensversicherung angeblich 1,5 Mio. Euro erhalten. Da wäre es doch gerecht, wenn auch die Spielschulden von Toni in angemessener Weise Berücksichtigung finden würden.

Er, Luigi, hätte die Absicht, der Witwe den Schuldschein zu präsentieren. Agnes Huber hätte bestimmt kein Interesse daran, dass die Spielsucht ihres verstorbenen Mannes an die Öffentlichkeit kommen würde. In so einem Fall wäre ja die Zahlung von 100.000 Euro das geringere Übel. Außerdem könne man wohl davon ausgehen, dass der ganze Huber-Clan über ausreichende Mittel verfügte.

Carlo reagierte skeptisch und zog seine hohe Stirn in Falten. „Ich halte das für ein großes Risiko. Was passiert, wenn die Frau wirklich zu den Bullen geht und dich wegen Erpressung anzeigt?"

„Aber Carlo", wusste Luigi einzuwenden. „Mit Erpressung hat das nichts zu tun. Ich löse lediglich einen gültigen Schuldschein ein. Nichts deutet darauf hin, dass die Schuld beim Spiel etwas außerhalb der Legalität entstanden ist. Was soll uns passieren?"

Carlo schaute immer noch skeptisch.

„Außerdem werde ich der guten Frau eine Empfehlung geben, der sie folgen wird. Sie wird doch wohl keinen großen Wert darauf legen, deine Bekanntschaft zu machen. Ich erinnere nur an die schöne Luise", ergänzte Luigi.

Damit spielte er auf eine Begebenheit an, die sich vor kurzem in Rosenheim ereignet hatte. Die ‚schöne Luise', wie Luigi sie nannte, war Besitzerin einer Boutique, in der sie erfolgreich exklusive italienische Mode verkaufte. Luigi hatte dieses Geschäft schon lange im Auge und fand sowohl die Boutique als auch die Inhaberin äußerst interessant. Genau genommen fand er das Geschäft, das er sich vorstellte, interessant, die Inhaberin dagegen sehr attraktiv. Beides konnte ja hilfreich und angenehm sein. Die schöne Luise hatte früher einmal als Model gearbeitet und stellte nun bei regelmäßigen Modeschauen in ihrer Boutique ihr außergewöhnliches Talent auf dem Laufsteg unter Beweis. Sie war wirklich sehr hübsch, fand Luigi.

Luigi hatte ihr einen Besuch abgestattet, ihr wegen ihres phantastischen Aussehens und ihrer Geschäftstüchtigkeit eine Reihe von Komplimenten gemacht und ihr schließlich erklärt, die Boutique mit ihrer wertvollen Ausstattung brauche dringend einen sicheren Schutz gegen allerlei Vorkommnisse, die ja passieren könnten. Er könne relativ preisgünstig für den Schutz ihres Ladens sorgen, weil er über beste Beziehungen zu Leuten verfügte, die einschlägige Erfahrungen bei der Durchführung von derlei Schutzprogrammen hätten. Als absoluten Freundschaftspreis nannte er zurückhaltend eine Umsatzprovision von 20%. Das sei doch wirklich ein Angebot, das sie nicht ablehnen könne.

Die schöne Luise sah das anders, sie lehnte ab.

Wenige Tage später musste Luise eine lange vorbereitete Modenschau absagen, weil die Ausstattung des Ladens bei einem nächtlichen Besuch von Unbekannten stark in Mitleidenschaft gezogen worden war, was ziemlich aufwändige Renovierungsarbeiten nach sich zog.

An diesen unangenehmen Zwischenfall in der Rosenheimer Geschäftswelt dachte Luigi, als er Carlo die Vorgehensweise erläuterte, mit der er Agnes Huber zur Begleichung der Spielschulden ihres bedauerlicherweise viel zu früh verstorbenen Mannes zu veranlassen beabsichtigte.

Da Luigi Agnes nicht persönlich kannte, hatte er sich genötigt gesehen, ausgiebige Informationen über sie einzuholen.

Man hatte ihm berichtet, dass Agnes eine zierliche, sehr attraktive Frau sei, die sich durchzusetzen wusste, worunter angeblich auch ihr verstorbener Ehemann öfter mal zu leiden hatte. Ebenso wie sie jetzt großen Einfluss auf ihren Sohn Florian hatte, dem man keineswegs anmerken würde, dass er inzwischen volljährig war.

Luigi hatte auch erfahren, dass Agnes mit Florian zusammen wohnte, was dem Vorhaben, sie allein zu sprechen, in gewisser Weise im Wege stand. Er musste also einen Zeitpunkt abpassen, an dem Florian nicht zu Hause sein würde.

Auch wenn Luigi sich mit dem Golfsport nicht auskannte, hatte er doch erfahren, dass Florian ein über die Region hinaus bekannter und erfolgreicher Golfer war, der häufig auch zu Auswärtsspielen unterwegs war. Allerdings gab es jetzt zu Anfang der Saison noch wenige Turniere, die auf Abwesenheit Florians hoffen ließen. Auf der Homepage des Bayrischen Golfverbands hatte Luigi jedoch im Zuge seiner Recherchen entdeckt, dass es jedes Jahr Anfang April einen Vergleichskampf zwischen den Amateuren und den Professionals des Landesverbandes gab, bei dem Florian Huber regelmäßig mit von der Partie war. Dieses Turnier sollte in diesem Jahr in Würzburg stattfinden, wo für alle Teilnehmer wegen der abendlichen Feier mit Siegerehrung Hotelzimmer reserviert worden waren.

Diesen Termin sah Luigi nun als besonders geeignet an, sein Vorhaben, Agnes Huber einen Besuch abzustatten, durchzuführen.

***

19

An diesem herrlichen Frühlingstag hatte Agnes den Nachmittag auf der Terrasse verbracht, um die wärmende Sonne zu genießen, die jetzt, nachdem die Uhren bereits auf Sommerzeit umgestellt worden waren, die Terrasse bis in die frühen Abendstunden erreichte. Da Florian unterwegs zu einem Turnier war und erst am nächsten Tag zurückkommen würde, freute sie sich auf einen gemütlichen Abend mit einem spannenden Buch und einem Glas Wein. Das Buch, das sie gerade las und das sie ungemein fesselte, war das erst vor kurzem erschiene Werk von John Dickie mit dem Titel ‚Cosa Nostra: Die Geschichte der Mafia'.

Diese Geschichte über Korruption, Erpressung und kaltblütigen Mord in der bekanntesten kriminellen Organisation der Welt faszinierte Agnes sehr. Sie war tief in ihre Lektüre versunken, als es gegen 21:30 Uhr klingelte.

Zu so später Stunde hatte sie natürlich nicht mehr mit Besuch gerechnet. Deshalb hatte sie es sich bequem gemacht und die ausgewaschene Jeans und den alten ausgeleierten Norwegerpullover angezogen. Sie fühlte sich zwar wohl, aber durchaus nicht in der Lage, Besuch zu empfangen.

Durch den Spion der Tür erblickte sie einen sehr elegant gekleideten Herrn. Sie öffnete die Tür.

„Guten Abend, ich bin Luigi di Manta, sind Sie Frau Agnes Huber?"

„Ja, das bin ich." Agnes war von der Erscheinung des Herrn wirklich beeindruckt. „Was verschafft mir die Ehre?"

„Ich möchte Sie in einer Angelegenheit sprechen, die mit dem Ableben Ihres Gatten zu tun hat." Luigi gedachte mit der gebotenen Höflichkeit vorzugehen, wenngleich er seine Forderung kompromisslos durchzusetzen die Ansicht hatte.

„Kommen Sie doch herein", bat Agnes, „kann ich Ihnen etwas anbieten? Vielleicht ein Glas Rotwein?"

„Danke, gerne", Luigi war über den freundlichen Empfang erfreut.

Wenige Minuten später saßen sie sich im Wohnzimmer gegenüber. Luigi wunderte sich über die geschmackvolle Einrichtung, die so gar nichts mit dem erwarteten ländlichen Ambiente zu tun hatte. Anstelle der in den Wohnbereichen derartiger Höfe üblicherweise anzutreffenden traditionellen Bauernmöbel in Eiche rustikal sah er Designermöbel namhafter Hersteller, die geschmackvoll mit antiquarischen Einzelstücken kombiniert worden waren und einen sehr gediegenen Eindruck vermittelten. So, wie er Toni kennengelernt hatte, konnte dies nur Agnes' Werk sein. Auch wenn ihr Outfit nicht so richtig zu der Eleganz der Einrichtung passen wollte. Toni allerdings hätte er diesen Geschmack nie zugetraut.

Agnes musste sich eingestehen, dass diese Person auf sie Eindruck machte. Wann traf man schon einen Mann mit derart guten Manieren. Nach dem ersten Schluck, Agnes hatte ihrem Gast ein Glas Chianti eingeschenkt, stieg Luigi vorsichtig in das Gespräch ein.

„Darf ich vielleicht gleich zur Sache kommen, gnädige Frau, ich möchte Ihre Zeit nicht über Gebühr in Anspruch nehmen?"

„Gerne".

„Für alle, die Toni, ich meine Ihren Gatten kannten, war sein plötzlicher Tod ja ein großer Schock."

„Woher kannten Sie Toni denn?" unterbrach ihn Agnes.

„Wir hatten geschäftlich miteinander zu tun. Auf Details will ich hier verzichten. Ich nehme an, dass das durchaus im Sinne von Toni gewesen wäre. Es ist nun leider so, dass

Toni vor seinem Tod nicht mehr alle geschäftlichen Angelegenheiten zu Ende bringen konnte. So verhält es sich auch mit einer Verpflichtung mir gegenüber".

„Um was für eine Verpflichtung handelt es sich?" Agnes war gespannt.

„Wie soll ich das erklären? Wir hatten ein Geschäft vereinbart, bei dem Toni eine außerordentliche Gewinnchance hatte, die sich dann leider nicht realisieren ließ. Nun gibt es ja selten derartige Chancen, ohne dass gleichzeitig damit ein gewisses Risiko verbunden wäre. So auch in diesem Fall. Mir liegt, resultierend aus diesem Geschäft, ein Schuldschein vor, den Toni, ich meine Anton, unmittelbar nachdem das Geschäft fehlgeschlagen war, hätte einlösen müssen. Leider wurde er durch seinen überraschenden Tod daran gehindert."

„Was soll das für ein Schuldschein sein?" Agnes hatte keine Vorstellung.

„Dieser Schuldschein, er lautet über 100.000 Euro, ist seit Jahren fällig. Die Geschäftspartner tragen allerdings der besonderen Situation Rechnung und verzichten auf die inzwischen in erheblicher Höhe aufgelaufenen Zinsen. Da Sie als direkte Erbin gewissermaßen auch die Verpflichtungen Ihres verstorbenen Gatten übernommen haben, müssten Sie bitte auch diese Schuld innerhalb angemessener Frist, sagen wir in 10 Tagen, begleichen."

„ Wo denken Sie hin?" Agnes Gesichtsfarbe war inzwischen einen Ton dunkler geworden, ihre Erregung nicht zu übersehen.

„Glauben Sie ernsthaft, ich würde eine so vage Forderung akzeptieren? Außerdem habe ich als Erbin lediglich 10 % der Golfanlage geerbt und verfüge über keinerlei Barvermögen, als dass ich eine solche Summe aufbringen könnte. Vergessen Sie es!"

Sie machte eine kurze Pause und überlegte. Dann gewann sie ihre Fassung zurück und stellte für sich fest, dass der Kerl doch nicht so sympathisch war, wie anfänglich angenommen.

„Darf ich Sie hinaus begleiten? Ich betrachte die Angelegenheit als erledigt!" Agnes wollte dieses Gespräch schnell hinter sich bringen.

„Einen Moment noch", widersprach Luigi, „da wäre noch etwas zu klären. Wir, d.h. meine Geschäftspartner und ich, sind unter gar keinen Umständen bereit, auf die Begleichung der Schuld zu verzichten. Es ist auch völlig ohne Belang, ob Sie die Summe aus Ihrem Privatvermögen aufbringen können. Uns ist sehr wohl bekannt, dass das Erbe des Herrn Anton Huber durch eine Zahlung in der genannten Höhe keinen gravierenden Schaden nehmen würde. Auch von der ansehnlichen Summe, die Ihrem Sohn Florian aus der Lebensversicherung zugeflossen ist, haben wir Kenntnis erhalten. Also kommen Sie jetzt nicht mit der Armutsnummer. Der Schuldschein ist gültig und sollte in der von mir genannten Frist eingelöst werden. Das empfehle ich Ihnen dringend!"

„Und wenn nicht? Was glauben Sie, wird die Polizei von Ihrem Erpressungsversuch halten?" Agnes klang jetzt deutlich aggressiver, sie hatte keineswegs die Absicht, diese, wie sie fand, abenteuerliche Forderung zu akzeptieren.

Jetzt sah sich Luigi ebenfalls genötigt, deutlicher zu werden: „Frau Huber, Sie sollten wissen, dass jede Information, die Sie an die Polizei geben würden, unangenehme Ermittlungen auslösen würde. Ihr Mann war durchaus nicht der seriöse Geschäftsmann, für den Sie ihn vielleicht gehalten haben. Die Familie wäre sicher nicht sehr erfreut, wenn Details über die Aktivitäten eines Anton Huber an die Öffentlichkeit gelangen würden. Also gleichen Sie die offene Forderung aus, und alles ist gut".

So leicht wollte Agnes sich nicht überrumpeln lassen.

„Genau das werde ich nicht. Sie bekommen von mir keinen Cent, ich werde Sie wegen Erpressung anzeigen. Verlassen Sie jetzt mein Haus!"

Mit so viel Widerstand hatte Luigi nicht gerechnet. Deshalb entschloss er sich zu einer Äußerung, mit der er Agnes einzuschüchtern gedachte.

„Ich warne Sie. Sie zahlen innerhalb von 10 Tagen 100.000 Euro in bar. Sie werden rechtzeitig erfahren, wann und wo Sie das Geld zu übergeben haben. Die Polizei bleibt außen vor. Sie werden danach nichts mehr von mir hören, die Sache wäre dann erledigt. Für den Fall, dass Sie die Polizei einschalten oder irgendwelche andere Mätzchen machen, frage ich Sie: Wollen Sie so enden wie Ihr Mann? Überlegen Sie sich das gut!"

Er machte eine Pause, um die Wirkung seiner Worte auf Agnes zu überprüfen. Dann setzte er noch einen drauf:

„Und Sie wollen doch sicher auch nicht, dass Ihrem Sohn etwas passiert?"

Dann verschwand Luigi grußlos und ließ eine fassungslose Agnes zurück. Was sollten diese Drohungen und der Hinweis auf ihren Mann? Agnes war völlig verzweifelt. Sollte es bei Tonis Tod nicht mit rechten Dingen zugegangen sein? War hier vielleicht sogar Mord im Spiel?

In einer unruhigen, schlaflosen Nacht überlegte Agnes was wohl zu tun sei. Die 100.000 Euro würde sie nicht aufbringen können, und Florian wollte sie auf gar keinen Fall über diesen Besuch aufklären und in diese Sache hineinziehen. Er hatte genug Probleme mit der Golfanlage. Da machten Alois Angerbauer und Ignaz Weidinger ja schon genug Schwierigkeiten.

Über Geschäfte ihres Mannes, die eine derartige Forderung hätten begründen können, war ihr nichts bekannt. Ihr war zwar einmal das Gerücht zu Ohren gekommen, ihr Mann würde sich mit zwielichtigen Figuren zum Spielen treffen, aber das hatte sie nie geglaubt. Sicher war Toni nicht ohne Fehler, aber das war ihm nun wirklich nicht zuzutrauen. Es musste also etwas dahinter stecken, was für die Polizei vielleicht doch interessant sein könnte.

Am nächsten Morgen hatte sie ihre Meinung geändert, sie wollte nun Florian doch ins Vertrauen ziehen. Da Florian jedoch am kommenden Wochenende ein für ihn wichtiges Turnier spielen wollte, hielt sie es für besser, mit dem Gespräch noch ein paar Tage zu warten, um ihn nicht zu sehr damit zu belasten. Sie nahm sich vor, am nächsten Wochenende nach seiner Rückkehr von dem für ihn wichtigen Turnier mit ihm zu sprechen.

***

20

Auf dem Rückweg von Waldskofen nach Rosenheim kam Luigi der Gedanke, noch einen kurzen Abstecher zu Giovanni zu machen. Es war noch vor 23:00 Uhr, da konnte man davon ausgehen, dass immer noch ein paar Gäste bei Giovanni saßen und sich um seinen Getränkeumsatz bemühten. Zudem war es nicht auszuschließen, dass auch Carlo dort den Abend verbrachte und nach dem Verzehr von allerlei Süßspeisen den einen oder anderen Grappa zur Förderung der Verdauung in sich hinein schüttete.

Genauso war es.

Carlo, der ja von dem Besuch Luigis bei Agnes wusste, war sich ziemlich sicher, dass Luigi mit seiner Art Forderungen einzutreiben, auch bei Agnes Erfolg haben würde. Auch wenn er anfänglich skeptisch war und befürchtete, dass Agnes die Polizei einschalten könnte, musste er Luigi zustimmen. Ihnen war nichts Illegales nachzuweisen. Ermittlungen wegen des Selbstmords von Toni gab es nicht, und dass sie zur Erlangung des Schuldscheins ein wenig nachgeholfen hatten, war ohne Belang, denn dafür gab es keine Zeugen. Und wer hätte ihnen unterstellen wollen, dass es sich bei der Forderung um Spielschulden handelte, die bei verbotenen Pokerspielen entstanden waren?

Carlo saß zufrieden an seinem Tisch im 'Il Cortile', hatte sich gerade noch ein Glas Montepulciano bestellt, als Luigi das Restaurant betrat. Nach kurzer Begrüßung und „Giovanni, ich nehme auch ein Glas", setzte sich Luigi zu Carlo.

Carlo war gespannt und begann sofort: „Jetzt spann mich nicht auf die Folter, wie war es?"

Luigi nahm einen kräftigen Schluck, rückte noch etwas näher an Carlo heran und antwortete: „Das Weib ist stur, es könnte sein, dass sie Ärger macht."

„Wie hat sie reagiert? Was hat sie gesagt?" Carlo wollte mehr wissen.

„Agnes Huber weigert sich, zu zahlen und will die Polizei einschalten. Aber ich habe ihr deutlich gemacht, dass das für sie sehr ungesund sein könnte", berichtete Luigi.

„Und wie geht es nun weiter?" Carlo ließ nicht locker, heute musste man Luigi wirklich jedes Wort aus der Nase ziehen.

„Ich habe ihr 10 Tage Zeit gelassen. Dann will ich Geld sehen. Ich werde sie kurz vor Ablauf der Frist anrufen und ihr mitteilen, wo sie das Geld abzuliefern hat." Mehr wollte er eigentlich nicht sagen, das musste für Carlo heute reichen.

Der ließ aber nicht locker. „Du wirst mir nicht erzählen wollen, dass du die Absicht hast, 10 Tage untätig zu warten, oder?"

„Natürlich nicht", Luigi wirkte schon etwas ungehalten, er wollte nicht länger darüber reden. „Die lustige Witwe wird schon noch erkennen, dass man mich nicht vorführt!"

Carlo sah ein, dass es keinen Sinn machen würde, zu versuchen, mehr aus Luigi herauszubekommen. Vielleicht würde Luigi am nächsten Tag gesprächiger sein.

***

21

An diesem Samstag war bei Agnes brisante Post im Briefkasten. Es war der Bericht ihres Steuerberaters. Der Blick in die Bücher der Betreibergesellschaft hatte einen Skandal offengelegt, der für den Steuerberater Anlass für weitere Recherchen war.

Seit der Übernahme der Geschäftsführung durch Alois Angerbauer wurden tatsächlich monatlich 12.000 Euro an die Firma ‚Beratungskontor für Golfanlagen AG' in der Schweiz überwiesen. Vertragsunterlagen über die vereinbarte Beratungstätigkeit waren nicht vorgelegt worden.

Nun wollte der Steuerberater wissen, wer hinter dieser Firma im Kanton Appenzell steckte. Zu diesem Zweck hatte er Kontakt zu einem Kollegen in Appenzell aufgenommen, den er vor einiger Zeit auf einem Steuerberaterkongress in Davos kennengelernt hatte.

Die Rückfrage bei besagtem Kollegen in Appenzell hatte ergeben, dass Gründer der Firma ein gewisser Franz-Peter Bergmann aus Bad Aibling war. Die Gesellschaft wurde durch einen Anwalt aus Appenzell vertreten, dessen

Kanzleiräume auch als Rechtsdomizil eingetragen waren. Das Aktienkapital von 100.000 CHF war bereits bei Gründung der Firma im Jahr 2009 komplett eingezahlt worden.

Da bei Aktiengesellschaften in der Schweiz die Aktionäre Anonymität genießen, ließ sich nur ermitteln, dass lediglich zwei Aktionäre mit je 50.000 CHF eingetragen waren. Über die Identität der beiden Aktionäre gab es keine Auskunft.

Weitere Informationen waren in der kurzen Zeit nicht herauszubekommen, aber das, was in diesem Bericht stand, war ja schon spektakulär genug.

Agnes überlegte. Dieser im Bericht genannte Franz-Peter Bergmann aus Bad Aibling war doch Mitglied im Golfclub. Soweit sie sich erinnerte, war er mehrfach in Erscheinung getreten, als es auf dem Golfplatz Probleme mit den Grüns wegen Schneeschimmels gegeben hatte. Von Florian, der ja die Greenkeeper bei ihrer Arbeit unterstützte, wusste sie, dass Bergmann früher einmal für einen der großen Chemiekonzerne tätig war und Landwirte zum Thema Unkrautvernichtung und Dünger beraten hatte. Wegen seiner guten Kontakte zur Industrie hatte er immer noch Zugriff zu den einschlägigen Mitteln, die teilweise inzwischen verboten, aber nichtsdestoweniger immer noch sehr wirksam waren.

Die Firmengründung durch Bergmann bereits im Jahr 2009 und die regelmäßigen Zahlungen in die Schweiz erst durch Alois Angerbauer und neuerdings auch durch Ignaz Weidinger machten sie sehr misstrauisch. Da war etwas faul. Was hatte Bergmann mit der Betreibergesellschaft zu tun? Warum wurde da so viel Geld abgezweigt? Außerdem beschäftigte sie die Frage, ob die Forderung dieses Italieners, der ihr einen Schuldschein über 100.00 Euro präsentiert hatte, etwas damit zu tun haben könnte. Und was hatte Toni gewusst, denn er hatte den Schuldschein ja unterschrieben?

Beim besten Willen, da blickte sie nicht durch. Bevor sie jedoch weitere Schritte unternehmen wollte, würde sie mit Florian darüber sprechen, der vielleicht noch mehr erfahren hatte.

Florian war nach dem Turnier an diesem Samstag, das auf dem Platz des Münchner Golfclubs in Straßlach stattfand, mit der Mannschaft seines Clubs noch zu einer kleinen Siegesfeier im Brauereigasthof Aying eingekehrt und hatte seine Mutter telefonisch informiert, dass er wohl spätestens gegen 22:00 Uhr zu Hause sein würde.

Agnes wartete ungeduldig auf seine Rückkehr. Sie hatte ja spannende Neuigkeiten für ihn.

***

22

Florian war keineswegs wie angekündigt um 22:00 Uhr zu Hause. Zunächst machte sich Agnes weiter keine Gedanken über die Verspätung Florians. Es war durchaus üblich, dass er sich verspätete. Vielleicht hatte er noch einen Bekannten getroffen, oder er hatte einfach nicht auf die Uhr geschaut. So gegen 23:00 Uhr wurde sie aber doch unruhig und wunderte sich, dass Florian sich immer noch nicht gemeldet hatte.

Gerade als sie ihn auf seinem Handy anrufen wollte, fuhr ein Taxi vor. Aus dem Küchenfenster sah Agnes, dass Florian dem Taxi entstieg. Was war geschehen, warum kam er nicht mit seinem eigenen Auto, hatte er eine Panne?

Sie empfing Florian an der Haustür und erschrak. Er war leichenblass und wirkte ziemlich verstört.

„Florian, was ist passiert?", empfing Agnes ihren Sohn.

„Diese Schweine, das ist eine große Sauerei, die schrecken wohl vor nichts zurück!" Florian war aufgebracht.

Nachdem er sich einigermaßen beruhigt hatte, konnte er berichten, was ihm zugestoßen war. Bei der kurzen Siegesfeier im Brauereigasthof Aying wurde eine Kleinigkeit gegessen - Aying war immer für eine zünftige Brotzeit gut - und nach einer halben Maß Bier hatten alle das Bedürfnis, schnell nach Hause zu kommen. So auch Florian.

Auf der Strecke von Aying Richtung Feldkirchen-Westerham passierte es. Sein Wagen kam plötzlich ins Schlingern, war nicht mehr zu steuern und drohte von der Straße abzukommen. Kurz vor dem Ortsschild von Großhelfendorf konnte Florian den Wagen gerade noch zum Stehen bringen. Ein paar Meter weiter, und dann wäre Florian mit dem Wagen an einen Baum gekracht. Kreidebleich stieg er aus, ging um das Fahrzeug herum und entdeckte, dass an beiden Vorderrädern die Radmuttern gelöst worden waren. Was wäre geschehen, schoss ihm durch den Kopf, wenn ich wie sonst üblich die Autobahn genommen hätte? Das wollte er lieber nicht zu Ende denken.

Auf der Fahrt nach Aying hatte er noch nichts bemerkt. Es musste sich also jemand auf dem Parkplatz vor dem Gasthof an seinem Auto zu schaffen gemacht haben. Es handelte sich hier offensichtlich um einen Anschlag. Nur, wer steckte dahinter? Spontan dachte er an Alois und Ignaz, die ihm ja versteckt gedroht hatten. Würden die so etwas tun? Er konnte sich das einfach nicht vorstellen. Auch wenn er nach dem letzten Gespräch mit den beiden äußerst misstrauisch geworden war, aber das traute er ihnen nun doch nicht zu. Aber wer sollte sonst einen derartigen Anschlag auf ihn verüben?

Er wollte so schnell wie möglich nach Hause, sicherte das Auto mit seinem Warndreieck und rief ein Taxi.

Zu Hause angekommen schilderte er seiner Mutter, was ihm widerfahren war. Agnes nahm ihn in die Arme. Sie war froh, dass ihm nichts passiert war und er gesund vor ihr stand. Aber was sollte sein Ausruf: „Diese Schweine!"? Hatte er vielleicht eine Ahnung von den Machenschaften, die hinter dem Besuch von Luigi di Manta steckten. War er in die Geschäfte von Toni eingeweiht? Sie musste unbedingt mehr erfahren.

„Was meinst du, wer dahinter stecken könnte?" tastete sie sich langsam vor.

„Na diese beiden Typen, die behaupten, sie würden nur das Beste für uns wollen. Alles Lug und Trug. Mein Vater ist Betrügern aufgesessen!"

Jetzt verstand Agnes gar nichts mehr. „Wen meinst du denn, wer hat Toni betrogen?"

Agnes hatte bei der Erzählung von Florian sofort daran gedacht, dass dieser elegante Italiener, der sie besucht hatte, um den von Toni unterschriebenen Schuldschein einzulösen, ihr bzw. ihrer Familie einen Denkzettel verpassen wollte, um seiner Forderung Nachdruck zu verleihen. Dass man einen Anschlag auf ihren Sohn verübte, um sie einzuschüchtern, fand sie ziemlich dreist. Aber dem Typen, den sie eigentlich ja ganz attraktiv gefunden hatte, musste man das wohl zutrauen. Vielleicht war er sogar von der Mafia?

In welcher Weise war Florian darin verwickelt? Wen meinte er mit „Diese Schweine"? Über den Bericht des Steuerberaters die Geschäfte von Alois und Ignaz betreffend konnte er ja noch nichts wissen.

„Nach Lage der Dinge stecken Alois und Ignaz dahinter. ‚Willst du so enden wie dein Vater?' haben sie mich gefragt. Ich glaube, die beiden wollten mich umbringen, weil ich im Büro geschnüffelt habe. Irgendetwas läuft da, was ich nicht wissen soll." Florian war sehr erbost und kaum noch zu einer sachlichen Diskussion in der Lage.

Agnes war etwas durcheinander, sie hatte doch eher den Italiener in Verdacht, der ihr gegenüber ja eine ziemlich eindeutige Drohung ausgesprochen hatte. Aber woher wusste der, wo Florian sich aufhielt?

Sollten vielleicht doch die Freunde der Familie, Alois und Ignaz, etwas damit zu tun haben? Sie konnte sich das beim besten Willen nicht vorstellen. Unterschlagung und Fälschung der Geschäftskonten vielleicht, aber ein Anschlag auf Florian? Niemals! Außerdem wussten die beiden ja auch nichts über den Aufenthalt Florians. Gab es vielleicht bei den Mannschaftskollegen einen Komplizen? Fragen über Fragen, auf die sie nun wirklich keine Antwort wusste.

Es war inzwischen nach Mitternacht und Agnes meinte, es wäre besser, über die Ereignisse erst einmal eine Nacht zu schlafen.

„Florian, lass uns schlafen gehen. Das Wichtigste ist erst einmal, dass dir nichts passiert ist. Und was dahinter steckt, werden wir herausbekommen. Morgen werden wir überlegen, was wir tun müssen."

Beim Frühstück war Florian immer noch sehr aufgebracht, er hatte kaum geschlafen. Sofort wollte er über die Ereignisse des Vorabends sprechen und begann:

„Wer kann wohl auf die Idee kommen, an meinem Wagen die Radmuttern zu lockern? Das ist doch ein Mordversuch. Ich muss zur Polizei gehen und Anzeige erstatten."

Agnes war sich unsicher, wie sie reagieren sollte. Der Italiener hatte sie ja eindrücklich davor gewarnt, die Polizei einzuschalten. Würde durch diesen Schritt die Gefahr für Florian nicht noch größer?

„Florian, ich weiß nicht, ob das der richtige Weg ist. Wir können Alois und Ignaz nicht einfach verdächtigen. Es gibt doch keinerlei Beweise dafür, dass sie mit der Autogeschichte etwas zu tun haben."

Sie dachte darüber nach, ob es nicht besser wäre, Florian über die Angelegenheit mit dem Schuldschein und den

Besuch des Italieners aufzuklären. Allerdings würde sie damit Florian noch mehr verunsichern. Schließlich entschied sie sich doch, mit der Wahrheit herauszurücken.

Florian war erst einmal sprachlos. Sein Vater hatte einen Schuldschein über 100.000 Euro unterschrieben? Wofür das denn? Unvorstellbar!

„Ich habe den Schuldschein mit eigenen Augen gesehen, die Unterschrift war von Toni, es gibt keinen Zweifel." Agnes war entschlossen, sich den Tatsachen zu stellen und die nächsten Schritte gemeinsam mit ihrem Sohn zu besprechen und umzusetzen.

„Dann gibt es ja noch mehr Verdächtige, die ein Interesse daran haben könnten, dass ich mit dem Auto verunglücke." Florian wurde wieder etwas blasser.

Er sah jetzt keine andere Möglichkeit mehr, als die Polizei einzuschalten.

Nachdem Florian seine Werkstatt angerufen und beauftragt hatte, sein vor Großhelfendorf liegen gebliebenes Auto zu bergen, fuhren er und Agnes zur Kripo nach Rosenheim.

***

23

Hauptkommissar Maximilian Reischl hatte an diesem Morgen bei bester Laune sein Büro im 1. Stock der Polizeidirektion Rosenheim betreten. Im Rahmen der Sparmaßnahmen der Bayrischen Polizei hatte er sich vor einiger Zeit von dem Privileg verabschieden müssen, in einem großzügigen Einzelzimmer mit Besprechungsgruppe residieren zu können. Nun musste er das Büro mit seinem Assistenten Ludwig Grassinger teilen. Der großzügige Besprechungstisch mit acht Konferenzsesseln stand inzwischen in einem separaten Konferenz- und Besprechungsraum, der auch von anderen Mitarbeitern des Präsidiums genutzt werden konnte. Die jeweilige Belegung dieses Raumes musste man rechtzeitig vorher im Sekretariat anmelden, was Reischl als lästig empfand.

Reischls Büro war relativ sparsam möbliert. Ein Schreibtisch mit einem Unterschrank, dazu ein Aktenrollschrank, alles, wie in deutschen Amtsstuben seit Jahrzehnten üblich, in Eiche Dekor. Schreibtischsessel mit Kunstleder bezogen und, seitdem er auf den großen Konferenztisch verzichten musste, zwei spartanische Besucherstühle vor seinem Schreibtisch. Ein wichtiges Arbeitsutensil hing an der Wand, eine riesige beschreibbare Magnettafel, an der Reischl von Fall zu Fall auch komplizierte Zusammenhänge optisch zu verdeutlichen in der Lage war, so dass auch Grassinger einigermaßen folgen konnte.

Grassingers Arbeitsplatz entsprach im Großen und Ganzen dem Reischls, allerdings mit dem Unterschied, dass der Schreibtisch des Assistenten deutlich kleiner war. Ein größerer stand ihm nach dem Standard des öffentlichen Dienstes nicht zu.

Das komplette Büro könnte hingegen in einem völlig anderen Glanz dastehen, wenn nicht dieser engstirnige Verwaltungschef sein Veto eingelegt hätte. Der Verkaufschef der ortsansässigen Büromöbelfirma SteelcaseWerndl AG hatte Reischl nämlich das Angebot unterbreitet, das Büro nach neuesten Erkenntnissen der Ergonomie zu möblieren und zwar kostenlos, quasi als Musterstellung. Durch eine Indiskretion bei der Polizeibehörde war dem Verkaufschef bekannt geworden, dass demnächst ein Teil der Polizeiinspektion neu möbliert werden sollte. Und da bot es sich natürlich an, als Haus- und Hoflieferant durch eine entsprechende Mustermöblierung schon einmal die richtigen Weichen zu stellen. Reischl stand der Angelegenheit verständlicherweise sehr positiv gegenüber.

Der Verwaltungschef hatte dieses Angebot von Steelcase Werndl jedoch zurückgewiesen, weil er den Geruch von Bestechung vermeiden wollte. Als Beamter müsse er da sehr auf Einhaltung der Vorschriften achten.

Der Grund für die gute Laune Reischls an diesem Morgen war ein genüsslicher Fernsehabend am Vortag. Der FC Bayern München hatte im eigenen Stadion das Pokalhalbfinale gegen Borussia Dortmund verloren. Was Reischl besonders viel Freude bereitet hatte, war das für die Bayern blamable Elfmeterschießen, in dessen Verlauf sie nicht weniger als vier Elfer verschossen hatten. Das war für einen eingefleischten 60er-Anhänger, wie Reischl einer war, natürlich ein Festabend. Für dieses spektakuläre Spiel war ihm im Vorfeld sogar eine Tribünenkarte angeboten worden, auf die er selbstverständlich verzichtet hatte. Da alle Welt von einem Sieg der Bayern ausgegangen war, wollte er sich einer zu befürchtenden Siegesfeier im Kreis fanatischer Bayernanhänger keineswegs aussetzen.

Reischl wusste natürlich, dass er mit Grassinger einen Bayern-Fan vor sich hatte, der seine Sympathien jedoch gut zu verbergen wusste. Im Laufe der Zeit hatte Grassinger sehr wohl mitbekommen, dass das Thema FC Bayern in Anwesenheit Reischls besser nicht angesprochen wurde. Heute, nach dem Triumph des Vorabends, konnte Reischl nicht anders, er musste die Gelegenheit, Grassinger eins auszuwischen, unbedingt nutzen.

„Was war denn gestern Abend los?" fing er an.

Ludwig Grassinger verzog die Miene und fand, es sei besser, nicht zu antworten.

„Da haben die Bayern ihre Überlegenheit aber eindrucksvoll gezeigt!" stichelte Reischl weiter.

„Die Bayern sind verschoben worden. Das hat doch jeder gesehen. Man hat ihnen einen Elfmeter verweigert." Grassinger war leicht angesäuert.

„Der Elfer hätte ihnen auch nicht geholfen, sie hätten ihn doch sowieso verschossen", feixte Reischl.

Dann klingelte das Telefon. Reischl nahm ab. „Ja bitte?" Pause. „Schick sie zu mir ins Büro". Jetzt wirkte Reischl wieder sachlich und aufgeräumt.

Wenige Minuten später betraten Agnes und Florian Huber das Büro.

Reischl begrüßte die beiden mit den Worten: „Grüß Gott, ich bin Hauptkommissar Reischl und das ist mein Kollege Grassinger. Bitte nehmen Sie Platz". Er rückte die beiden Besucherstühle zurecht, die wirklich etwas spartanisch waren, einfache Sperrholzschalen ohne Polsterung mit einem lackierten Untergestell aus Stahl. Nicht sehr bequem, aber es musste ja niemand lange darauf sitzen.

Agnes hatte erwartet, dass man ihnen etwas zu trinken anbieten würde, aber das war wohl in bayrischen Amtsstuben nicht üblich.

„Haben Sie etwas dagegen, dass ich das Gespräch aufzeichne?" Reischl schaltete das Aufnahmegerät ein, ohne eine Antwort abzuwarten.

„Was kann ich für Sie tun?" Reischl pflegte schnell zur Sache zu kommen. Frau Huber kam ihm bekannt vor, deshalb schob er nach: „Kennen wir uns nicht? Wo haben wir uns schon gesehen?"

„Nach dem Selbstmord meines Mannes vor sechs Jahren haben wir ein Gespräch geführt." Agnes erinnerte sich sehr gut an die imposante Erscheinung des Hauptkommissars.

„Richtig, war das nicht an der Autobahnbrücke Holzkirchen? Eine schlimme Sache. Tut mir sehr leid. Aber was führt Sie heute zu mir? Meine Sekretärin sagte mir am Telefon, Sie wollen Anzeige erstatten?"

Jetzt berichtete Agnes, was sie und Florian erlebt hatten. Da sie sich keineswegs sicher war, vermied sie, irgendwelche Verdächtigungen auszusprechen und blieb so gut es ging bei den Fakten. Als sie vom Anschlag auf Florian erzählte, merkte man ihr an, dass sie das sehr bewegte.

Reischl hatte die ganze Zeit regungslos zugehört und lediglich Grassinger den einen oder anderen Blick zugeworfen.

„Ja, und jetzt glauben wir, dass man, aus welchem Grund auch immer, Florian nach dem Leben trachtet", schloss sie ihre Berichterstattung.

Reischl lehnte sich zurück, sein altersschwacher Lehnstuhl gab dabei bedenkliche Geräusche von sich. Lange würde er die Belastung durch den Hauptkommissar wohl nicht mehr durchstehen.

„Die Geschichte ist tatsächlich etwas merkwürdig. Ich bin mir nicht ganz sicher, ob wir als Mordkommission der erste Ansprechpartner sind. Es sieht so aus, als ob hier auch das Betrugsdezernat gefragt wäre. Aber dieser Anschlag auf Ihren Sohn ist natürlich durchaus als Mordversuch einzustufen." Reischl versuchte zwischen den einzelnen Abschnitten dieser Geschichte einen Zusammenhang herzustellen.

„Haben Sie, Frau Huber, das Gefühl, dass die mit dem Schuldschein belegte Forderung im Zusammenhang mit dem Selbstmord Ihres Gatten stehen könnte?" Reischl dachte schon einen Schritt weiter.

„Wie sollte das möglich sein? Mein Mann lebt seit sechs Jahren nicht mehr. Welchen Zusammenhang sollte es da geben?" Jetzt wirkte Agnes etwas naiv. Wenn der Besitzer des Schuldscheins, Luigi di Manta, ihr persönlich gesagt hatte, er habe mit Anton, ihrem Mann, Geschäfte getätigt, aus denen diese Schuld entstanden sei, war ein Zusammenhang mit dem Selbstmord ja wohl nicht ganz auszuschließen.

„Ich denke, wir werden den Herrschaften mal auf den Zahn fühlen. Damit meine ich sowohl Herrn di Manta, der den Kollegen vom Betrugsdezernat als Kunde durchaus bekannt ist, als auch den Herren Angerbauer und Weidinger, die eine gute Erklärung für ihre Drohungen gegenüber Florian haben sollten." Dabei warf er Grassinger einen Blick zu, der nichts anderes bedeutete, als dass jetzt eine Menge Arbeit auf sie zukommen würde.

„Eine Frage noch. Herr Huber, was ist mit Ihrem Fahrzeug passiert?"

„Der Wagen steht in Feldkirchen-Westerham bei der Firma BaderMainzl. Die haben ihn in Großhelfendorf abgeholt und wieder in Ordnung gebracht." Florian meinte, alles richtig gemacht zu haben.

„Das ist sehr schade, wahrscheinlich sind inzwischen alle Spuren verwischt worden. Sie hätten uns gleich informieren müssen. Grassinger, rufen Sie sofort dort an und schicken Sie die SpuSi nach Feldkirchen-Westerham. Vielleicht finden die noch etwas." Reischl hatte die Hoffnung, dass in der Werkstatt nicht ganz so schnell gearbeitet wurde und meinte, man könnte an den Rädern vielleicht noch Fingerabdrücke sicherstellen.

„Liebe Frau Huber, Florian, - ich darf doch du sagen? - vielen Dank für die Informationen. Ich bitte Sie, morgen Vormittag nochmals aufs Revier zu kommen, um das Protokoll zu unterschreiben. Natürlich werden wir Sie über unsere Ermittlungen auf dem Laufenden halten. Melden Sie sich einfach im Sekretariat."

Die Verabschiedung war kurz und emotionslos. Schließlich war Reischl Polizist und nicht Diplomat.

***

24

Reischl saß an seinem Schreibtisch und starrte auf ein weißes Blatt Papier, das vor ihm lag. Grassinger, der Reischl gegenüber saß, wusste nicht so recht, was er von der soeben von Frau Huber und Sohn vorgetragenen Geschichte halten sollte. Deshalb wartete er lieber ab, welche Meinung sein Chef wohl haben würde. Er könnte sich dann dieser Meinung anschließen und lief nicht Gefahr, sich einen Vortrag über unfähige und talentfreie Ermittlungsbeamte anhören zu müssen. Aber Reischl machte keine Anstalten sich zu äußern.

Da hielt Grassinger es nicht länger aus. „Was meinen Sie, Chef? Was steckt dahinter?"

„Keine Ahnung." Das war ungewöhnlich. Reischl und keine Ahnung? Das hatte es noch nie gegeben, jedenfalls solange Grassinger Assistent bei der Mordkommission in Rosenheim war. Wahrscheinlich wollte Reischl nichts sagen, aber sicher hatte er schon eine Vorstellung von dem Fall.

Nach langen Minuten des Schweigens begann Reischl mit seiner Analyse.

„Also, was haben wir?" Dabei stand er auf, nahm einen schwarzen Eddingstift und trat an die Tafel. „Luigi di Manta fordert 100.000 Euro von der Familie." Er beschrieb in der Mitte der Tafel einen Kreis und schrieb ‚Familie' hinein. Oben links platzierte er einen kleineren Kreis, in den er ‚Luigi' schrieb. Die Tatsache, dass er den Vornahmen von Herrn di Manta verwendete, ließ darauf schließen, dass es zwischen Luigi und Reischl eine gewisse Vertrautheit gab, was leicht zu erklären war. Reischl hatte ja schon häufiger in Mordfällen ermittelt, in denen die Mafia die Hände im Spiel hatte. Oft war ihm in diesem Zusammenhang der Name Luigi di Manta aufgefallen. Niemals jedoch konnte man Luigi irgendetwas nachweisen, während sehr wohl der eine oder andere gute Freund von ihm in seiner Bewegungsfreiheit durch einen Aufenthalt in der Strafvollzugsanstalt erheblich beeinträchtigt war.

Die beiden Kreise verband Reischl mit einem Pfeil, der von der Familie zu Luigi zeigte. Neben die Linie schrieb Reischl die Zahl 100.000.

Oben rechts ein weiterer Kreis mit der Bezeichnung ‚Golf', in den Kreis die Namen Angerbauer und Weidinger. Dieser Kreis wiederum wurde mit einem Kreis rechts unten mit der Bezeichnung Schweiz verbunden. Neben diese Verbindungslinie schrieb er 12 x 12.000 x 6 Jahre = 864.000.

Es gab aber auch eine Verbindungslinie zwischen Golf und Familie, an die Reischl die Zahl 750.000 schrieb, weil Florian ja von der an ihn geflossenen Lebensversicherung 750.000 Euro an die Betreibergesellschaft überwiesen hatte, um die sonst unausweichliche Insolvenz abzuwenden.

Grassinger begriff so langsam, worauf sein Chef hinaus wollte. Aus dem vom Chef aufgezeichneten Beziehungsdiagramm war allerdings nicht zu erkennen, ob es von Luigi vielleicht eine Verbindung zur Golfbetreibergesellschaft geben würde. „Chef, gibt es vielleicht eine Verbindung zwischen Golf und Luigi?" fragte er deshalb.

„Sehe ich noch nicht." Die gute Laune von Reischl hatte inzwischen Schaden genommen. Er hasste es, wenn er bei derartigen Fällen nicht sofort durchblickte. Warum hatten Luigi einerseits und Angerbauer und Weidinger andererseits quasi gleichzeitig Drohungen gegen Frau Huber und Florian ausgesprochen? Es musste eine Verbindung geben. Also verband er die Kreise mit den Bezeichnungen ‚Golf' und ‚Luigi' und ergänzte die Linie mit einem dicken Fragezeichen.

Was war mit den 864.000 Euro geschehen, die in die Schweiz überwiesen wurden? Das war zwar vielleicht ein Fall für die Steuerfahndung, aber möglicherweise auch ein Motiv für einen Mord. Aber was sollte der Anschlag auf Florian bewirken? Welche Rolle spielten bei diesem Transfer Weidinger und Angerbauer?

Rätsel über Rätsel. Aber es wäre ja gelacht, wenn er, Reischl, nicht hinter die Geheimnisse dieses Falles kommen würde. Es beschlich ihn immer stärker der Gedanke, dass die ganze Geschichte vielleicht doch mit dem Selbstmord von Anton Huber vor sechs Jahren zu tun haben könnte. Er nahm sich vor, die Nachforschungen etwas breiter anzulegen.

Jetzt tauschte er den schwarzen gegen einen roten Stift aus und fasste die Kreise ‚Golf', ‚Familie' und ‚Schweiz' in einem großen roten Kreis zusammen. Dann trat er zwei Schritte zurück und schaute schweigend auf sein Werk.

Zu Grassinger sagte er: „Grassinger, die Sache wird interessant, wir werden uns morgen etwas genauer umsehen. Innerhalb der roten Linie muss das Geheimnis dieses Falles verborgen sein."

Grassinger wunderte sich, dass bei dieser Analyse Luigi di Manta nicht innerhalb der roten Linie zu finden war.

***

25

Maximilian Reischl war sehr wohl darüber informiert, dass das 'Il Cortile' in Rosenheim das bevorzugte Restaurant von Luigi di Manta war. Auch, dass hier im Hinterzimmer illegal um viel Geld gespielt wurde, war ihm zu Ohren gekommen. Aber das war nicht seine Baustelle. Sollten sich doch die Kollegen darum kümmern. Ihn wunderte es nur, dass es noch immer nicht gelungen war, die Jungs auf frischer Tat zu ertappen und ihnen den Prozess zu machen. Offensichtlich funktionierte das Frühwarnsystem der Herrschaften hervorragend. Bei den bisher durchgeführten Razzien konnten lediglich die Personalien von weitgehend unbescholtenen Bürgern festgestellt werden, die sich zu einer unverfänglichen Skatrunde zusammengefunden hatten. Wahrscheinlich gab es in der zuständigen Abteilung der Polizeiinspektion eine undichte Stelle. Reischl hatte da auch einen Verdacht, aber den behielt er für sich. Aber es fiel schon auf, dass der Leiter des Betrugsdezernats immer die neuesten Modelle eines weltweit renommierten Münchner Automobilherstellers fuhr. Jedenfalls Fahrzeuge, deren Kosten in einem krassen Missverhältnis zum Einkommen der betreffenden Person standen.

Reischl war davon überzeugt, dass dieses System der rechtzeitigen Ankündigung einer Razzia nicht ohne Mitwirkung des Wirts Giovanni Bertoni funktionieren konnte. Diesem Giovanni wollte Reischl nun einen Besuch abstatten, um herauszufinden, wann er Luigi wohl im ‚Il Cortile' antreffen könnte.

Als Reischl in seinem Restaurant auftauchte, wusste Giovanni sofort, dass etwas ‚im Busch' sein musste. Normalerweise bevorzugte Reischl nämlich die einfache und deftige bayrische Kost, für die Giovanni nicht gerade bekannt war. Also musste es einen besonderen Anlass für das Erscheinen des Hauptkommissars geben. Da galt es, höchste Aufmerksamkeit walten zu lassen. Reischl suchte sich einen Platz, von dem aus er das gesamte Restaurant übersehen konnte und bestellte bei der Bedienung ein Wiener Schnitzel, ein Weißbier und verlangte den Chef zu sprechen.

„Hallo Giovanni", man kannte sich und Giovanni duldete es, dass der Hauptkommissar ihn duzte. „Wann kann ich Luigi hier treffen, du weißt doch, wann wieder seine ‚Skatrunde' stattfindet?"

Reischl hielt diesen Weg der Kontaktaufnahme mit Luigi für den besten. Von einem Besuch im Haus Luigis versprach er sich nicht viel. Luigi war selten zu Hause, was bei den umfänglichen Geschäften, denen er nachging, verständlich war. Bei einem früheren Versuch in einer anderen Angelegenheit hatte Reischl erlebt, dass Luigi, nachdem er erfahren hatte, dass man ihn verhören wollte, ganz plötzlich zu einer längeren Auslandsreise aufgebrochen war. Natürlich hätte man ihn zur Fahndung ausschreiben können, aber dazu sah Reischl jetzt noch keinen Anlass. Luigi würde ihm lediglich zu erklären haben, wie es zu dem Schuldschein über 100.000 Euro gekommen war, der eindeutig von Anton Huber unterschrieben worden war.

„Soweit ich weiß, Herr Hauptkommissar, treffen sich die Herren heute gegen 20:30 Uhr, hier im Restaurant." Giovanni wusste, dass es besser war, dem Hauptkommissar die Wahrheit zu sagen.

„Gut Giovanni, ich werde da sein. Kein Wort zu Luigi. Wenn du ihn warnst, bekommst du Besuch von der Gewerbeaufsicht, die deinen Laden auf den Kopf stellt. Und die finden etwas. Das bedeutet für dich Verdienstausfall für mehrere Tage und einen gewaltigen Imageverlust. Verlass dich drauf!"

Das Schnitzel schmeckte ausgezeichnet. Reischl bestellte einen Grappa und die Rechnung bei der Bedienung. Giovanni, der das gehört hatte, trat an den Tisch Reischls und sagte: „Sie sind mein Gast." Reischl lehnte diese Geste ab und bestand auf ordnungsgemäße Bezahlung der Rechnung. Er wollte sich keineswegs dem Vorwurf aussetzen, im Dienst unerlaubte Zuwendungen angenommen zu haben.

Am Abend, gegen 21:00 Uhr, betrat Reischl zusammen mit seinem Assistenten Ludwig Grassinger das Nebenzimmer des Restaurants.

„Nehmen Sie die alberne Sonnenbrille ab!" wies Reischl seinen Assistenten zurecht, der wohl immer noch der Meinung war, dass er einen respektablen Eindruck machen würde, wenn er sich hinter dunklen Gläsern versteckte. Was für ein Irrtum!

Über den Auftritt der beiden Beamten war Luigi wirklich überrascht. Diese Überraschung hätte er kaum spielen können, deshalb nahm Reischl an, dass Giovanni wirklich geschwiegen hatte. Eine kluge Entscheidung, dachte Reischl.

Außer Luigi saßen am Tisch noch Carlo und drei weitere Herren, deren Gesichtsfarbe etwas blass wurde, als sie erfuhren, dass die Herren von der Polizei waren.

„Keine Sorge, meine Herren, wir sind von der Mordkommission, sofern Sie hier nicht irgendwo eine Leiche versteckt haben, interessiert uns nicht, was Sie hier tun."

Die Mienen entspannten sich.

„Aber wir wären Ihnen dankbar, wenn Sie uns mit Herrn di Manta allein lassen könnten. Ihre Kartenrunde ist beendet."

Die Herren verschwanden umgehend, sichtlich froh, dass ihnen nicht noch irgendwelche Fragen gestellt wurden.

Carlo setzte sich im Restaurant an die Theke, bestellte einen Fernet-Branca - der Überraschungsbesuch war ihm auf dem Magen geschlagen - und wartete auf das Ergebnis der Besprechung, die gerade im Nebenzimmer stattfand. Ihm schwante nichts Gutes. Hatte er Luigi nicht davor gewarnt, Agnes Huber den Schuldschein zu präsentieren? Aber was wollte die Mordkommission von Luigi?

Carlo war sichtlich nervös und bestellte sich einen zweiten Fernet-Branca.

Im Nebenzimmer wurde Luigi di Manta von Hauptkommissar Reischl befragt.

„Herr die Manta, wir wissen, dass Sie einen von Anton Huber unterschriebenen Schuldschein über 100.000 Euro in Ihrem Besitz haben. Können wir diesen Schuldschein einmal sehen?"

Luigi wusste, dass er nicht umhin konnte, diesen Schuldschein zu zeigen. Wenn er behaupten würde, ihn nicht bei sich zu haben, würde Reischl wohl eine Hausdurchsuchung beantragen. Das wollte Luigi zu gerne vermeiden, weil dabei vielleicht noch andere Dinge ans Tageslicht gelangen würden, über die die Polizei nicht unbedingt informiert sein musste. Schweren Herzens zückte Luigi seine Brieftasche und legte Reischl den gewünschten Schuldschein vor.

Grassinger griff sofort nach diesem Dokument und tat so, als ob er es konfiszieren wollte.

„Langsam, langsam", wurde er von Reischl gebremst, „dazu haben wir kein Recht".

Und an Luigi gerichtet: „Können Sie uns sagen, für welche Gegenleistung Herr Huber diese Schuld anerkannt hat?"

„Nein, das war ein Geschäft, für das wir Vertraulichkeit vereinbart hatten." Luigi wollte natürlich nicht zugeben, dass es sich um Spielschulden handelte.

Reischl schaute sich das Papier nochmals genau an und gab es dann Luigi zurück, der glaubte, damit sei die Angelegenheit erledigt.

Hauptkommissar Reischl sah das anders, sagte jedoch nichts.

Die Herren verabschiedeten sich. Luigi war erleichtert und setzte sich zu Carlo, den er über den Inhalt des Gesprächs informierte. Da waren die Bedenken, die Carlo geäußert hatte, wohl doch unbegründet.

Im Auto auf der Fahrt ins Präsidium stellte Reischl Grassinger auf die Probe. „Ist Ihnen an dem Schuldschein etwas aufgefallen?"

„Nein, Chef, was sollte mir da auffallen?"

„Der Schein ist am 26. März 2009 unterschrieben worden. Eine Woche später hat sich Anton Huber angeblich selbst umgebracht. Ich weiß noch nicht wie, aber es könnte einen Zusammenhang geben."

„Glauben Sie, dass Luigi di Manta etwas mit dem Tod Anton Hubers zu tun haben könnte?" Aus der Sicht Grassingers wurde es jetzt langsam spannend. Er setzte seine Designersonnenbrille auf, obwohl es inzwischen fast dunkel war.

„Eigentlich ist das unwahrscheinlich. Auch wenn Luigi di Manta nicht sagen will, wofür er den Schuldschein erhalten hat. Für ihn macht es doch keinen Sinn, Huber beseitigen zu lassen. Man bringt doch nicht denjenigen um, von dem man 100.000 Euro einfordern will."

Sie hatten den Parkplatz beim Präsidium erreicht und verabschiedeten sich. Es war schließlich schon lange nach Feierabend. Am nächsten Morgen wollten sie weitersehen.

Reischl dachte über den Selbstmord Anton Hubers nach und fragte sich, ob da vielleicht doch jemand nachgeholfen hatte. Dazu musste er zunächst herausbekommen, wer sich von seinem Tod einen Vorteil versprechen konnte und damit ein Motiv hatte. Aber das musste nun bis zum nächsten Morgen warten.

***

26

Nach einer unruhigen Nacht, in der Maximilian Reischl alle möglichen Aspekte des neuen Falls überdacht hatte, saß er schon sehr früh im Büro und überlegte, welche Schritte jetzt notwendig waren, um der Wahrheit auf die Spur zu kommen.

Luigi di Manta würde sicher auch vor einem Kapitalverbrechen nicht zurückschrecken, wenn es ihm nützen würde und er die Schuld auf Kumpane abwälzen könnte. Doch das kam hier kaum in Betracht. Wenn es bei dem Selbstmord von Anton Huber nicht mit rechten Dingen zugegangen war, musste das Geheimnis bei den Geldflüssen liegen, über die Agnes und Florian Huber berichtet hatten. Warum waren über 850.000 Euro aus dem Golfbetrieb abgezogen und in die Schweiz überwiesen worden? Wo war das Geld dann gelandet?

Soeben betrat Grassinger das Büro, setzte sich an seinen Schreibtisch und schaute seinen Chef fragend an. „Wie geht es weiter, Chef?"

Reischl trat wieder an die große Tafel, nahm einen Edding in die Hand und sagte: „Na denn mal los, Grassinger, wer ist aus dem Umfeld der Golfanlage für uns interessant?"

Grassinger war etwas irritiert, weil er die Lösung eher im Dunstkreis von Luigi di Manta vermutete.

„Naja", begann er deshalb zögerlich, „zunächst mal die Familie selbst."

Reischl schrieb an die Tafel: Agnes und Florian Huber. Eigentlich kam nur Florian infrage, denn er hatte rein materiell vom Tod seines Vaters durch die Lebensversicherung profitiert. Aber den eigenen Vater ins Jenseits befördern? Das war in diesem Fall wohl auszuschließen.

„Der Geschäftsführer und sein Nachfolger und die Freundin von Toni?" Grassinger war sich nicht ganz sicher.

Aber sein Chef schrieb an die Tafel: Alois Angerbauer, Ignaz Weidinger, Stefanie Klett.

„Vielleicht der frühere Manager, Sebastian Kofler, und der Head-Greenkeeper?"

Grassinger nannte einfach weitere Personen, die irgendwie im Zusammenhang mit der Golfanlage aufgetaucht waren.

Reischl ergänzte die Notizen an der Tafel. Dann unterstrich er die Namen der Personen, die er als erstes überprüfen wollte, nämlich Angerbauer, Weidinger, Kofler und Nowak. Hinter dem Namen von Steffi machte er ein Fragezeichen. Hatte sie etwas damit zu tun? Würde sie überhaupt profitieren?

„Grassinger, Sie überprüfen als erstes die Bankkonten dieser Herrschaften. Ich will wissen, ob seit 2009 auf diesen Konten irgendwelche Auffälligkeiten festzustellen sind. Inzwischen werde ich mich um einen richterlichen Beschluss kümmern, damit wir die Leiche von Anton Huber exhumieren können. Ich glaube nämlich inzwischen nicht mehr an einen Selbstmord."

„Gut Chef, wann brauchen Sie die Kontoauszüge der verdächtigen Personen?"

„Sofort, Grassinger!" Reischl zweifelte immer mehr an der Fähigkeit Grassingers, eigene Entscheidungen zu treffen. Jetzt hätte er doch erkennen können, dass es eilte.

„Und noch etwas, Grassinger, ich will alle Akten über den Selbstmord haben. Sorgen Sie dafür, dass alle Unterlagen schnellstens auf meinem Tisch landen." Reischl wollte wissen, ob damals vielleicht nicht doch etwas übersehen wurde.

Es gelang Reischl tatsächlich, den zuständigen Richter davon zu überzeugen, dass eine Exhumierung der Leiche

Klarheit über die Todesursache Anton Hubers bringen könnte. Der Vortrag von Reischl über die bisherigen Ereignisse war so überzeugend, dass der Richter ebenfalls Zweifel an einem natürlichen Tod hegte. Wie in der Strafprozessordnung vorgeschrieben, veranlasste er, dass Agnes Huber umgehend über die geplante Maßnahme informiert wurde und ordnete die Graböffnung für den nächsten Tag an.

Am Nachmittag trug Grassinger die Ergebnisse seiner Recherchen vor, die einiges ans Tageslicht gebracht hatten, was Reischl zwar geahnt aber nicht gewusst hatte.

„Beginnen wir mit Sebastian Kofler", begann Grassinger, „Fehlanzeige! Wie ich erfahren habe, pflegte er zwar einen Lebensstil, der nicht ganz zu seinem Einkommen passte, aber es gibt keine sonstigen Auffälligkeiten. Mag sein, dass er Spielgebühren kassiert und nicht verbucht hat, aber das ist nicht durch Belege nachzuweisen."

„Gut" meinte Reischl, „da habe ich nichts anderes erwartet, aber weiter, was ist mit Angerbauer und Weidinger?"

„Von der Schweizer Bank UBS bekommen wir über das Konto der Firma ‚Beratungskontor für Golfanlagen AG' keine Auskunft. Dies ist nur auf Gerichtsbeschluss im Rahmen eines Prozesses möglich. Die Banker sind stur und berufen sich auf das Schweizer Bankgeheimnis. Da müssten wir evtl. Rechtshilfe durch die Schweizer Kollegen in Anspruch nehmen."

Reischl nickte, er war mit der Auskunft einverstanden. „Wenn wir von der Feststellung des Steuerberaters von Frau Huber ausgehen, sind seit 2009 mehr als 850.000

Euro auf das Schweizer Konto überwiesen worden. Über den Verbleib dieses Geldes werden wir mal den Herrn Bergmann befragen".

Grassinger machte weiter.

„Angerbauer hat ein privates Girokonto bei der Sparkasse Rosenheim und ein Geschäftskonto bei der Deutschen Bank in Rosenheim. Auf letzterem sind ausschließlich Geschäftsvorgänge aus seiner Beratungstätigkeit verbucht. Auch auf dem privaten Konto sind keine auffälligen Bewegungen zu verzeichnen, die mit dem Geld aus der Schweiz zusammenhängen könnten. Allerdings hat Alois Angerbauer bei der Deutschen Bank ein Bankschließfach gemietet, über dessen Inhalt auch die Bank keine Auskunft geben kann."

Reischl nahm das ohne Reaktion zur Kenntnis und wartete auf die Fortsetzung von Grassinger.

„Ignaz Weidinger hat ein Konto bei der Volksbank Passau und im fraglichen Zeitraum insgesamt 350.000 Euro in bar eingezahlt. Die Herkunft des Geldes ist nicht bekannt."

„Und wie sieht es auf dem Konto von Stanislaw Nowak aus?" Reischl ließ nicht locker.

„Der hat ein Gehalts- und Girokonto bei der Raiffeisenbank Feldkirchen-Westerham. Neben den monatlichen Gehaltszahlungen, die von der Golfbetreibergesellschaft überwiesen wurden, gab es Einzahlungen über 100.000 Euro in bar, und zwar im Dezember 2010, im Juni 2011, im Dezember 2011 und im Juni 2012 jeweils 25.000 Euro. Da jede Bank laut Geldwäschegesetz verpflichtet ist, bei

Einzahlungen, die einen Betrag von 15.000 Euro überschreiten, die Personalien des Einzahlers festzustellen und den Vorgang zu protokollieren, gibt es keinen Zweifel, Einzahler ist der Kontoinhaber, Stanislaw Nowak. Vielleicht ist noch interessant, dass die monatlichen Gehaltszahlungen, die auf dem Konto Nowaks verbucht wurden, ab Mai 2009 um 800 Euro höher waren als in der Zeit davor. "

„Aha, stellte Reischl fest, „da gibt es bestimmt einen Zusammenhang mit dem Geld, das in die Schweiz transferiert wurde. Und bei den Bareinzahlungen in dieser Höhe werde ich doch sehr misstrauisch."

Reischl hätte zu gerne gewusst, welche Rolle Franz-Peter Bergmann in diesem Fall spielte. Ebenso war es ihm ein Rätsel, durch welchen Umstand der Head-Greenkeeper zu so viel Geld gekommen war. Vielleicht Schweigegeld? Aber dafür war der Betrag eigentlich zu groß. Die Sache war sehr unübersichtlich. Grassinger blickte noch weniger durch als sein Chef und schwieg deshalb lieber.

Zu allem Überfluss brachte jetzt auch noch die Sekretärin die Nachricht, dass an dem Auto von Florian keine Spuren zu finden waren. BaderMainzl in Feldkirchen-Westerham, die beauftragte Werkstatt, hatte ganze Arbeit geleistet und nicht nur die Räder wieder montiert, sondern das Auto auch gründlich von innen und außen gereinigt. Die Familie Huber vom Gut Waldskofen war ein sehr guter Kunde. Da gab es eben auch mal Zusatzleistungen ohne Berechnung.

***

27

Die Exhumierung verlief unspektakulär. Agnes hatte auf die Teilnahme verständlicherweise verzichtet. Anwesend waren nur Hauptkommissar Maximilian Reischl und sein Assistent Ludwig Grassinger, der natürlich mit Sonnenbrille, Dr. Lambert Lustenau, der von Agnes gebeten worden war, der Prozedur beizuwohnen, und ein Pathologe vom Institut für Rechtsmedizin der Universitätsklinik München.

Erwartungsgemäß gab es vor Ort keinerlei Stellungnahme durch den Pathologen, die sterblichen Überreste wurden in das Institut der Uni München überführt, wo die Leiche einer eingehenden Untersuchung unterzogen wurde. Das umfassende Ergebnis der Obduktion lag Kommissar Reischl zwei Tage später vor:

1. *Der Tod von Anton Huber war auf den Bruch des Genicks zurückzuführen.*
(Das war bereits auf dem Totenschein durch Dr. Lambert Lustenau vermerkt worden.)

2. *Es sei unwahrscheinlich, dass ein Selbstmörder sich bei einem Sprung von der Brücke eine derartige Verletzung zufügen würde. Wer von einer Brücke springe, treffe in den seltensten Fällen mit dem Kopf zuerst auf dem Boden auf, jedenfalls wenn er noch bei Bewusstsein ist. Niemand käme auf die Idee, von einer Autobahnbrücke einen Kopfsprung zu machen.*

3. *Man müsse also mit an Sicherheit grenzender Wahrscheinlichkeit davon ausgehen, dass Anton Huber beim Sturz von der Brücke nicht bei Bewusstsein war.*

4. *Der Nachweis von Substanzen, die Anton Huber möglicherweise mit der Absicht verabreicht wurden, ihn zu betäuben, war nicht möglich.*

5. *Nach Wertung aller Ergebnisse der Obduktion sei von einem Tötungsdelikt auszugehen.*

Soweit die Zusammenfassung des Berichts, der die Vermutung Reischls in groben Zügen bestätigte. Jetzt gab es genügend Anhaltspunkte, konkrete Ermittlungen aufzunehmen und Verdächtige zu verhören. Warum hatte er nicht damals, als er zur Autobahnauffahrt Holzkirchen gerufen wurde, Verdacht geschöpft? Das war zwar kurz vor Urlaubsantritt, aber die Nachlässigkeit, die er sich da geleistet hatte, ärgerte ihn gewaltig.

Dieser Ärger animierte ihn sogleich zu engagierter Ermittlungsarbeit, die als erster Franz-Peter Bergmann zu spüren bekam.

***

28

Franz-Peter Bergmann hatte an diesem Tag das Frühstück etwas ausgedehnt. Seine Frau musste wegen eines Arztbesuchs das Haus früh verlassen, was er zum Anlass nahm, die Süddeutsche Zeitung etwas ausführlicher als gewöhnlich zu lesen. Was ihm an dieser Zeitung immer besonders gefiel, war die tägliche Kolumne ‚Das Streiflicht', in der aktuelle Themen des Tages satirisch betrachtet wurden. Heute war die teilweise ungehobelte Art und Weise polizeilicher Ermittlungen durch den Kakao gezogen worden, worüber Bergmann sich köstlich amüsierte.

Bergmann war ein ‚Privatier', wie er sich nannte, der sich bereits vor Jahren zur Ruhe gesetzt hatte. In seiner aktiven Zeit war er für die landwirtschaftliche Regionalberatung der Firma BASF in der Region Oberbayern verantwortlich. Sein Fachwissen in Sachen Pflanzenschutz hatte häufig zu einem intensiven Erfahrungsaustausch mit den Verantwortlichen der Golfanlage Gut Waldskofen geführt. Zuerst mit Anton Huber, später mit Alois Angerbauer und aktuell mit Ignaz Weidinger. Dem Head-Greenkeeper Stanislaw Nowak waren diese ewigen Einmischungen in die Platzpflege ein Dorn im Auge. Nowak hielt den ‚Chemiefritzen' für einen Dummschwätzer, der sich nur wichtigmachen wollte, im Prinzip aber keine Ahnung hatte. Im Übrigen kamen die ‚guten' Ratschläge von Bergmann immer, wenn es eigentlich zu spät war. So auch in dem Jahr, als sie bis weit in die Saison hinein mit einem hartnäckigen Schneeschimmel zu kämpfen hatten, durch den die Grüns nahezu unspielbar geworden waren.

Bergmann hingegen fühlte sich zu diesem Freundschaftsdienst, gut gemeinte Empfehlungen zu geben, verpflichtet. Schließlich war er schon lange Mitglied im Golfclub Gut Waldskofen und selbstverständlich an der positiven Entwicklung der gesamten Golfanlage sehr interessiert. Aus seiner Sicht konnte er gut verstehen, dass Nowak über seine Tipps nicht erfreut war. Wer ließ sich schon gerne in seinen Job hineinreden? Aber Bergmann glaubte, es einfach besser zu wissen. Woher bitte sollte dieser Pole mit seiner ‚Pseudoausbildung' denn auch sein Wissen haben? Nowak war doch allenfalls ein akzeptabler zweiter Mann für die Platzpflege. Niemals aber ein kompetenter Head-Greenkeeper. Deshalb hatte er, Bergmann, seinerzeit Anton Huber auch dringend empfohlen, Kaspar Weizenbaumer auf jeden Fall zu halten. Aber auf ihn, der nun nach einem langen Berufsleben wirklich Ahnung von Rasenpflege und Unkrautvernichtung hatte, wollte ja wieder niemand hören.

Äußeres und Körpersprache Bergmanns hätten Außenstehende wohl auf die Idee gebracht, es mit einem Lehrer zu tun zu haben, was durch seine randlose Brille, die ihm in gewissem Umfang einen intellektuellen Touch verlieh, unterstrichen wurde. Sein Verhalten hingegen passte zu diesem Eindruck weniger. Er war eher der Typ, der nicht so gerne öffentlich in Erscheinung trat, hinter den Kulissen aber gerne Unruhe auslöste. Dabei schreckte er auch nicht davor zurück, Unwahrheiten zu verbreiten. So behauptete er beispielsweise, guten Kontakt zu einem Vorstandsmitglied des Golfclubs zu haben und regelmäßig mit ihm in die Sauna zu gehen, wo ihm Interna aus dem Club und der Betreibergesellschaft berichtet würden. Tatsächlich hatte er zu dem von ihm als Informanten benannten Vorstandsmitglied überhaupt keinen privaten Kontakt, schon gar nicht gab es gemeinsame Saunabesuche. Kurz und gut: Gut informierten Kreisen im Golfclub war sehr wohl bekannt, dass man Franz-Peter Bergmann nicht trauen konnte.

Das wusste aber Maximilian Reischl nicht, der an selbigem Morgen an Bergmanns Tür klingelte, als der gerade das ‚Streiflicht' in der Süddeutschen Zeitung las.

Bergmann war überrascht, seine Frau konnte noch nicht zurück sein, außerdem hatte sie einen Hausschlüssel. Er öffnete und sah vor seiner Haustür zwei Herren, die unterschiedlicher nicht sein konnten. Die imposante Erscheinung des Hauptkommissars stand in krassem Widerspruch zu der des Assistenten, der seinem Auftritt durch die Sonnenbrille, die er trug, einen etwas lächerlichen Anstrich gab, weil der bewölkte Himmel dieses Utensil eigentlich überflüssig machte.

„Grüß Gott, ich nehme an, Herr Bergmann? Ich bin Kriminalhauptkommissar Reischl, dies ist mein Assistent Grassinger", stellte Reischl sich und seinen Begleiter vor.

Bergmann war erstaunt, was hatte er mit der Kripo zu tun?

„Grüß Gott, was kann ich für Sie tun?" antwortete er neugierig.

„Wir haben ein paar Fragen an Sie, dürfen wir vielleicht hereinkommen?" Reischl pflegte derlei Gespräche nicht zwischen Tür und Angel zu führen.

„Gerne, bitte, darf ich Ihnen etwas anbieten, eine Tasse Kaffee vielleicht?"

Reischl nahm die Einladung an, Grassinger nicht. Dafür nahm er die Brille ab. Bergmann fand, das sei längst überfällig. Was Polizisten sich so herausnahmen. Unmöglich!

„Um was geht es, was wollen Sie wissen?" begann Bergmann das Gespräch.

„Wir ermitteln in einem Mordfall und überprüfen routinemäßig alle Personen, die mit dem Toten in Verbindung standen", antwortete Reischl.

„Mord? Mein Gott, was ist passiert? Um wen geht es?" Bergmann hatte offensichtlich wirklich keine Ahnung.

„Wir wissen, dass der Selbstmord des Herrn Anton Huber vor sechs Jahren kein Selbstmord war. Bei unseren Nachforschungen haben wir festgestellt, dass Sie mit den Herren Angerbauer und Weidinger, die nach dem Tod von Anton Huber nacheinander die Geschäftsführung in der Golfbetreibergesellschaft Gut Waldskofen übernommen haben, in geschäftlicher Beziehung stehen. Wir würden gerne Details über diese Geschäftsbeziehungen erfahren."

Während Reischl sprach, beobachtete er Bergmann ganz genau und übersah natürlich nicht, dass seinem Gegenüber ein Schreck in die Glieder gefahren war.

„Ja, ich habe geschäftlich mit den Herren zu tun, aber ich bin nicht befugt, Geschäftsgeheimnisse auszuplaudern. Ich kann Ihnen dazu leider nichts sagen. War es das? Ich habe noch zu tun und würde Sie gerne hinausbegleiten." Bergmann hoffte offensichtlich, sich weiteren Fragen entziehen zu können, in dem er schneidig auftrat. Aber da hatte er sich in Reischl getäuscht.

„Nein, das war es keineswegs. Wenn Sie nicht reden wollen, können wir uns gerne auf dem Revier unterhalten.

Dann empfehle ich Ihnen allerdings, Ihren Anwalt mitzubringen. Also nochmals, was sind das für Geschäfte, die Sie mit Angerbauer und Weidinger betreiben?" Reischl hatte nicht die Absicht, locker zu lassen.

„Wir haben eine gemeinsame Beratungsfirma, das wird ja wohl noch erlaubt sein." Bergmann wurde zunehmend nervös.

„Wen beraten Sie und auf welchen Geschäftsfeldern? Wo sind Ihre Geschäftsräume? Welchen Umsatz erzielen Sie? Wie viele Mitarbeiter beschäftigen Sie? Eine Menge Fragen, die Sie uns schnellstens beantworten sollten. Wir wollen alles wissen über Ihre gemeinsamen Aktivitäten." Reischl wurde ungeduldig.

„Was soll das denn mit dem Selbstmord von Anton Huber zu tun haben? Ich verstehe gar nichts mehr!"

Bergmann fühlte, dass er zunehmend in Bedrängnis geriet. Auf seiner Stirn bildeten sich Schweißperlen, obwohl die Raumtemperatur sicher nicht über 20° lag.

„Also gut," Reischl wollte die Prozedur jetzt abkürzen, „wir wissen, dass Sie mit den Herren eine gemeinsame Firma in der Schweiz haben, die an die Golfbetreibergesellschaft Gut Waldskofen seit 2009 monatlich Rechnungen über ca. 12.000 Euro gestellt hat. Wir wollen von Ihnen schlicht und einfach wissen, welche Rolle Sie in dieser Firma spielen und wofür dieses Beratungshonorar gezahlt wurde und wird. Und noch einmal, wir sind von der Mordkommission. Was Sie an Steuertricks angewendet haben, interessiert uns zunächst nicht. Das ist Sache der

Steuerfahndung, die sich dann vielleicht zu einem späteren Zeitpunkt bei Ihnen melden wird."

„Ich möchte vorher mit meinem Anwalt sprechen."

Eigentlich wollte Bergmann nur Zeit gewinnen, um sich mit Angerbauer und Weidinger abzustimmen. Er wusste sehr wohl, dass die Firmenkonstruktion nicht ganz legal war. Da es aber angeblich nur um Steuerhinterziehung ging, also aus seiner Sicht um ein Kavaliersdelikt, hatte er seinerzeit auch dem Vorschlag von Alois Angerbauer zugestimmt, die Firmengründung auf seinen Namen vorzunehmen. Im Gegenzug war ihm ja immerhin beitragsfreies Golfspiel, auch für seine Frau, zugesichert worden. Dafür konnte man ja schon einmal einen Freundschaftsdienst leisten. Später stellte sich dann heraus, dass er auch hin und wieder in die Schweiz reisen sollte, um Barabhebungen zu tätigen. Diese Kurzreisen nach Zürich, auf die er regelmäßig seine Frau Elke mitnahm, waren immer sehr angenehm, zumal die doch in beträchtlicher Höhe anfallenden Spesen anstandslos erstattet wurden.

Nun steckte er offensichtlich durch seine Hilfsbereitschaft mitten in den Ermittlungen zu einer Mordsache. Ihm war wirklich nicht klar, was diese Firma in der Schweiz mit dem Ableben von Anton Huber zu tun haben sollte. Und wie war die Kripo eigentlich auf die Idee gekommen, Toni sei ermordet worden?

Franz-Peter Bergmann hatte Schwierigkeiten, seine Gedanken zu ordnen.

„Gut, dann rufen Sie Ihren Anwalt an. Aber wir haben nicht ewig Zeit. Wenn er nicht umgehend hier erscheint, setzen wir das Interview auf dem Revier fort."

Reischl hatte das Gefühl, hier nicht so richtig weiterkommen zu können.

Der Anwalt war wegen eines Gerichtstermins nicht zu erreichen, er würde im Laufe des Nachmittags zurückrufen, so die Auskunft der Kanzlei.

„Na gut", Reischl gab sich damit zufrieden. Außerdem war er davon überzeugt, dass Bergmann nur eine Nebenrolle in diesem Fall spielte, auch wenn seine Auskünfte sicher helfen würden, Licht in die Sache zu bringen, „dann treffen wir uns morgen um 10.00 Uhr in meinem Büro in Rosenheim, von mir aus mit Ihrem Anwalt".

Grassinger überreichte Franz-Peter Bergmann noch eine Visitenkarte mit der Rosenheimer Anschrift, dann verabschiedeten sich die Herren.

***

29

Auf der Fahrt ins Präsidium überlegte Reischl, wie er hinter die Geheimnisse der Geschäfte kommen könnte, die zwischen Bergmann, Angerbauer und Weidinger liefen. Irgendwie war hier der Grund für den Mord an Anton Huber zu finden. Er beschloss, das Alibi aller verdächtigen Personen überprüfen zu lassen. Auch wenn seit dem Mord bereits sechs Jahre vergangen waren, an einen so ereignisreichen Abend würde man sich ja vielleicht erinnern können.

Da er absolut keine Lust hatte, alle verdächtigen Kandidaten zu besuchen, nahm er sich vor, sie nacheinander vorzuladen.

Als erster saß Alois Angerbauer vor ihm, der kurz vorher von Franz-Peter Bergmann folgende SMS erhalten hatte:

> Kripo war eben bei mir, Ermittlungen wegen Firma in der Schweiz, angeblich wurde Toni ermordet. Wann und wo können wir uns sehen? <

Alois hatte gerade die Antwort geschrieben:

> Heute um 18:00 Uhr um Clubhaus <, als es an der Haustür klingelte und ein Beamter der Polizei vor der Tür stand und ihn unmissverständlich aufforderte, ihm aufs Revier zu folgen.

„Was soll das", entrüstete sich Alois, „was wirft man mir vor?"

„Sie sind verdächtig, an einem Kapitalverbrechen beteiligt zu sein und werden zu einem Verhör ins Präsidium gebeten."

Nach kurzem Zögern nahm Alois die Aufforderung selbstbewusst an. Denen werde er schon die Meinung sagen, dachte er bei sich. Was wollte man ihm denn nachweisen? Er fühlte sich absolut sicher, auch wenn ihn die SMS von Bergmann etwas irritiert hatte.

Kurze Zeit später saß er dem Hauptkommissar Reischl gegenüber, der nicht die Absicht hatte, mit dem Gesprächspartner sehr rücksichtsvoll umzugehen.

„Herr Angerbauer, Sie waren bis vor kurzem Geschäftsführer in der Golfbetreibergesellschaft in Waldskofen, ist das richtig?" wollte Reischl wissen.

„Ja, das war ich, und warum bitte, sitze ich hier?" Alois Angerbauer schien sich seiner Sache sehr sicher zu sein und wollte keineswegs klein beigeben. Was bildete sich dieser ‚Bulle' überhaupt ein?

„Während Ihrer Amtszeit als Geschäftsführer begann eine Geschäftsbeziehung zwischen der Betreibergesellschaft Gut Waldskofen und einer Firma ‚Beratungskontor für Golfanlagen AG' mit Sitz in der Schweiz, an die monatlich 12.000 Euro überwiesen wurden und werden. Was war bzw. was ist das für ein Geschäft?"

„Darüber gebe ich keine Auskunft, ich bin nicht verpflichtet, Geschäftsgeheimnisse preiszugeben." Alois gab sich zugeknöpft. „Was wollen Sie eigentlich von mir?"

„Herr Angerbauer, ich rate Ihnen dringend, etwas kooperativer zu sein, wenn Sie sich nicht verdächtig machen wollen. Wir ermitteln in einem Mordfall!"

„Mord? Wer ist wann von wem ermordet worden?"

Angerbauer tat trotz der SMS, die er vor kurzem erhalten hatte, überrascht.

„Unsere Ermittlungen haben zweifelsfrei ergeben, dass Anton Huber sich nicht selbst umgebracht hat. Und jetzt werden wir herausfinden, wer ein Interesse daran gehabt haben könnte, dass Huber von der Bildfläche verschwindet. Wir werden jeden überprüfen, der in irgendeiner Weise zum Umfeld Anton Hubers zu zählen ist. Und Sie haben offensichtlich vom Tod Anton Hubers profitiert. Oder wollen Sie das leugnen?"

Reischl empfand für Alois Angerbauer nicht die geringsten Sympathien, deshalb wollte er ihn auch in die Enge treiben.

„Sie dichten sich da etwas zusammen. Wie sollte ich vom Tod meines Freundes profitieren? Ganz im Gegenteil, ich habe die undankbare Aufgabe übernommen, die Golfanlage zu leiten und zusätzlich bin ich noch Testamentsvollstrecker. Glauben Sie, das sei ein Vergnügen?"

Angerbauer gab sich ungehalten.

„Ein Vergnügen vielleicht nicht, aber sehr einträglich. Immerhin sind monatlich 12.000 Euro verschwunden. Und zwar genau seit Sie die Geschäftsführung übernommen haben. Das hat zu einem massiven Verlust der Golfanlage geführt, der letztlich durch Florian Huber ausgeglichen werden musste, der einen nicht unbeträchtlichen Anteil aus der von seinem Vater abgeschlossenen Lebensversicherung in die Betreibergesellschaft eingebracht hat. Haben Sie ihm eigentlich erzählt, wo das Geld geblieben ist, das Sie abgezweigt haben? Als Testamentsvollstrecker haben Sie doch wohl eine gewisse Verantwortung dafür, dass Florian nicht übervorteilt wird. Ich habe den Eindruck, Sie spielen da eine sehr unappetitliche Doppelrolle."

Reischl war inzwischen leicht verärgert. Es hatte den Eindruck, als wollte Angerbauer ihn für blöd verkaufen.

„Herr Angerbauer, wo waren Sie in der Nacht vom 2. auf den 3. April 2009?"

Jetzt wollte es Reischl genau wissen.

„Was soll das denn? Das ist sechs Jahre her, da soll ich noch wissen, wo ich war? Das geht zu weit!"

Alois Angerbauer gab sich Mühe, entrüstet zu wirken.

„Sie brauchen sich überhaupt nicht aufzuregen. Es wäre eher ungewöhnlich, wenn Sie sich nicht erinnern könnten. In dieser Nacht ist Ihr Freund Anton Huber gestorben. Erzählen Sie mir nicht, Sie wüssten nicht mehr, wo Sie waren, wann und wie Sie die Nachricht vom Tod erhalten haben."

Reischl hegte solchen Typen gegenüber ein natürliches Misstrauen. Und so leicht ließ er sich nicht täuschen. „Also, wo waren Sie?"

„Warten Sie", lenkte Alois ein, „es stimmt, die Nachricht erhielt ich am nächsten Morgen beim Frühstück. Es war am Abend vorher sehr spät geworden, ich war beim Bauernstammtisch in Rosenheim."

„Grassinger, überprüfen Sie das", forderte Reischl seinen Assistenten auf, der die ganze Zeit still daneben gesessen und sich Notizen gemacht hatte.

Und zu Alois Angerbauer gewandt sagte Reischl:

„Da Sie uns über die Transaktionen in die Schweiz nicht aufklären wollen und anzunehmen ist, dass Anton Huber mit diesen Machenschaften sicher nicht einverstanden gewesen wäre, sind Sie dringend verdächtig, an der Ermordung Anton Hubers beteiligt gewesen zu sein. Ich nehme Sie deshalb vorläufig fest. Wenn Ihr Alibi nicht bestätigt werden sollte, werden Sie morgen wegen des dringenden Tatverdachts dem Haftrichter vorgeführt. Bis dahin bleiben Sie hier."

Am Abend gegen 18:00 Uhr wartete Franz-Peter Bergmann in der Lounge des Clubhauses, die von Ignaz Weidinger geschmacksfrei gestaltet worden war, auf Alois Angerbauer. Der war leider verhindert und konnte seinen Geschäftspartner nicht mehr über seine vorübergehende Abwesenheit informieren. Die Kripo hatte aus verständlichen Gründen etwas dagegen, dass er eventuelle Komplizen über den Stand der Dinge informierte und hatte deshalb sein Handy in Gewahrsam genommen. Bergmann wartete also vergeblich und war ziemlich sauer darüber, dass Alois Angerbauer ihn versetzt hatte.

Reischl nahm Angerbauer das Alibi nicht ab und war davon überzeugt, dass die Überprüfung seinen Zweifel bestätigen und er den Haftrichter davon überzeugen würde, für den Verdächtigen Untersuchungshaft anzuordnen. Außerdem gedachte er, die Privat- und Geschäftsräume Angerbauers durchsuchen und das Schließfach per Gerichtsbeschluss öffnen zu lassen. Davon erhoffte er sich wichtige Hinweise auf Tat und Motiv.

Die Enttäuschung war groß, als er erfuhr, dass Alois Angerbauer tatsächlich an besagtem Abend beim Stammtisch für Bauern im Ortsverband Rosenheim des Bayerischen Bauernverbandes (BBV) im Brückenwirt in Kolbermoor war und das Lokal erst ungefähr eine Stunde nach

Mitternacht verlassen hatte. Dies war deshalb so genau nachzuvollziehen, weil an den Stammtischen immer die aktuellen Themen und Probleme der Bauern behandelt werden und über die einzelnen Zusammenkünfte sorgfältig Protokoll geführt wird.

Alois Angerbauer musste auf freien Fuß gesetzt werden. Der Richter sah keine Veranlassung, ihn länger festzuhalten. Für die von Reischl geplante Haussuchung und die Schließfachöffnung gab es leider keinen hinreichenden Verdacht die Mordsache betreffend.

***

30

Franz-Peter Bergmann erschien pünktlich mit seinem Anwalt, einem gewissen Benedikt Link aus Bad Aibling, auf dem Revier.

Hauptkommissar Reischl hatte schlechte Laune, weil es mit den Ermittlungen in diesem sechs Jahre zurückliegenden Mord nicht voranging. Zu ärgerlich, dass dieser Angerbauer ein offensichtlich wasserdichtes Alibi vorzuweisen hatte. Reischl verließ sich auf seinen Instinkt und glaubte Angerbauer kein Wort. Irgendwie, dachte Reischl, hat der Kerl mit der Sache etwas zu tun. Aber wo gab es Ansätze für Beweise?

Von dem für 10:00 Uhr angesetzten Gespräch mit Franz-Peter Bergmann versprach er sich nicht allzu viel. Der hatte nun tatsächlich seinen Anwalt mitgebracht, den Reischl von anderen Fällen kannte und der dafür bekannt war, mit allerlei Tricks die polizeilichen Ermittlungen zu erschweren. So auch dieses Mal. Bergmann verweigerte die Aussage mit dem Hinweis, er würde sich evtl. wegen der möglicherweise steuerlich nicht einwandfreien Geschäfte selbst belasten.

Reischl merkte sehr schnell, dass er hier nicht weiterkommen würde und beendete die Befragung nach wenigen Minuten, nicht ohne Bergmann eindringlich darauf hinzuweisen, dass er sich als Zeuge weiterhin bereit zu halten hätte und nicht auszuschließen sei, dass im Rahmen weiterer Ermittlungen auch der Verdacht einer Mittäterschaft nicht gänzlich auszuschließen sei. Dagegen verwahrte sich der Anwalt Bergmanns vehement und erklärte, wegen der Art und Weise, wie man hier mit seinem Mandanten umginge, Dienstaufsichtsbeschwerde anstrengen zu wollen.

Diese Drohung ließ Hauptkommissar Reischl kalt. Benedikt Link, übrigens auch ein Mitglied im Golfclub Gut Waldskofen, war dafür bekannt, dass er eigentlich ohne Ausnahme bei jedem Fall Beschwerde über die ermittelnden Beamten führte, allerdings in aller Regel ohne nennenswerten Erfolg. Lediglich ein einziges Mal war es passiert, dass der Richter ein Vernehmungsprotokoll als Beweismittel nicht zugelassen hatte, weil Reischl wohl mit der Androhung einer verlängerten Untersuchungshaft zu weit gegangen war. Ansonsten war dieser Anwalt im Gericht als Nörgler ohne fundiertes Fachwissen bekannt. Kein Wunder, denn das Aktenstudium war nicht seine Stärke. Im Kollegenkreis erzählte man sich, dass zu häufiges Golfspiel einer professionellen Anwaltstätigkeit im Wege stehen würde. Immerhin hatte Benedikt Link den einen oder anderen Klienten aus dem Golfclub gewinnen können. So wie auch Franz-Peter Bergmann.

Franz-Peter Bergmann verließ gemeinsam mit seinem Anwalt das Polizeirevier. Er gedachte, sich die in beträchtlicher Höhe auf ihn zukommenden Anwaltskosten durch Alois Angerbauer erstatten zu lassen. Der war ja wohl dafür verantwortlich, dass er als unbescholtener Bürger plötzlich in einen Mordfall verwickelt werden sollte. Es fehlte nur noch, dass das im Golfclub bekannt werden würde. Das wäre eine Katastrophe.

***

31

Hauptkommissar Reischl saß an seinem Schreibtisch und dachte nach. Ihm gegenüber saß Grassinger und wartete auf eine Reaktion seines Chefs. Grassinger wusste genau, dass in einer solchen Situation ein falsches Wort bei seinem Chef eine höchst unangenehme Reaktion auslösen würde. Also schwieg er. Allerdings musste er sich auch eingestehen, dass ihm nichts Gescheites eingefallen wäre. Wenn doch schon der Hauptkommissar einen ziemlich ratlosen Eindruck machte, was wollte man denn dann von ihm erwarten? Dieser Fall war reichlich kompliziert. Aber der Chef würde sicher einen Weg finden, der zur Aufklärung dieses Mordfalls führen könnte.

Plötzlich stand Reischl auf, ging an die Tafel und strich Luigi di Manta durch.

„Der war es nicht!" Reischl war sich ziemlich sicher, dass er in der Familie und im Umfeld des Golfclubs zu suchen hatte. „Auch wenn Angerbauer ein wasserdichtes Alibi hat, er hat auf jeden Fall etwas damit zu tun. Ich bin gespannt, was uns Ignaz Weidinger zu sagen hat. Für wann haben Sie ihn vorgeladen?"

„Herr Weidinger hat heute Vormittag um 11:00 Uhr hier zu erscheinen."

„Sehr gut. Bin gespannt, was wir aus ihm herauskriegen. Vielleicht müssen wir ein wenig bluffen." Reischl hatte wirklich vor, Weidinger zu täuschen? Grassinger war irritiert.

Pünktlich um 11:00 Uhr erschien Ignaz Weidinger. Wie immer eine Idee zu schneidig, so als ob ihm niemand etwas anhaben könnte. Natürlich war er vorher durch seinen Freund Alois genauestens instruiert worden, um ja kein falsches Wort herauszulassen. Man wusste ja, dass die Polizei mit allen Tricks arbeitete und auch nicht davor zurückschreckte, Verdächtige und Zeugen gegeneinander auszuspielen.

Insofern traf Reischl auf einen bestens vorbereiteten Ignaz Weidinger, der sich fest vorgenommen hatte, ja kein Wort zu viel zu sagen und im Zweifel besser zu schweigen.

„Herr Weidinger", begann Reischl, „Sie sind Geschäftsführer der Golfbetreibergesellschaft Gut Waldskofen, seit wann?"

„Es stimmt, ich habe die Geschäftsführung im August 2013 übernommen". Ignaz Weidinger verstand nicht ganz den Sinn dieser Frage, aber er antwortete wahrheitsgemäß.

„Können Sie uns über die Beratungsleistungen berichten, die die Firma ‚Beratungskontor für Golfanlagen AG' für die Golfanlage erbracht hat?" Reischl kam gleich zur Sache.

„Was soll diese Frage, ich bin nicht befugt, über vertrauliche Geschäfte der Betreibergesellschaft Auskunft zu geben?" Weidinger versuchte, zu mauern.

„Geben Sie sich keine Mühe, wir wissen, dass Sie geholfen haben, Geld aus der Firma abzuzweigen. Das hat Ihr Vorgänger, Alois Angerbauer, bereits zu Protokoll gegeben. Wir wollen lediglich wissen, welche Rolle Sie dabei gespielt haben und ob Sie etwas mit dem Mord an Anton Huber zu tun haben." Reischl war gespannt, ob der Bluff funktionieren würde.

Weidinger dachte kurz nach, dann durchschaute er den Trick. Er kannte Alois sehr gut und meinte, sich auf ihn verlassen zu können.

„Dass Anton Huber ermordet wurde, Herr Hauptkommissar, wissen Sie offensichtlich exklusiv. Soweit ich weiß, hat er sich das Leben genommen. Und über die von Alois Angerbauer abgeschlossenen Geschäfte bin ich nicht im Detail informiert. Ich habe lediglich die Geschäfte in seinem Sinne fortgeführt."

„Sie wollen mir erzählen, Sie hätten monatlich 12.000 Euro überwiesen, ohne zu wissen wofür? Was sind Sie denn für ein Geschäftsführer? Ich glaube Ihnen nicht!"

Reischl staunte, mit welcher Unverfrorenheit Weidinger ihn anlog.

Wobei es wirklich nicht so abwegig war, dass Ignaz Weidinger Dinge tat, von denen er keine Ahnung hatte. Dafür gab es in seiner bisherigen kurzen Tätigkeit als Geschäftsführer eine Reihe von Beispielen. Aber davon wusste natürlich Reischl nichts. Er hätte nur einige Mitglieder befragen müssen, dann wäre ihm so manches Licht aufgegangen.

„Nein, es ist wirklich so, mein Freund Alois, der als Testamentsvollstrecker eingesetzt wurde und die Interessen von Florian Huber in beispielhafter Weise vertritt, hat mich als Geschäftsführer der Golfanlage angestellt. Ich vertraue ihm und er mir. Insofern liegt es nahe, dass ich die von ihm geschlossenen Verträge nicht hinterfrage."

Weidinger versuchte mit diesen wenig konkreten Aussagen die Kuh vom Eis zu bringen. Doch damit war Reischl noch lange nicht zufrieden.

„Herr Weidinger, auf Ihr Konto bei der VOBA Passau haben Sie in den letzten Jahren ca. 350.000 Euro eingezahlt. Woher stammt das Geld?"

Jetzt wurde Reischl konkreter und brachte damit Ignaz Weidinger in Verlegenheit. Der hatte nicht damit gerechnet, dass man sein Konto überprüft hatte. Zunehmend nervöser werdend suchte er nach einer Ausrede - wie sollte er das bloß erklären?

„Also", jetzt klang er nicht mehr ganz so selbstbewusst wie am Anfang des Gesprächs, „ich war in der Vergangenheit als Berater geschäftlich sehr erfolgreich." Er wusste selbst, dass er mit dieser dürftigen Erklärung, die auch nicht der Wahrheit entsprach, nicht durchkam.

Reischl hakte nach. „Und das Honorar für Ihre Beratungstätigkeit haben Sie in bar erhalten und bei Ihrer Bank einbezahlt? Sicher haben Sie doch Rechnungen geschrieben, die das belegen, oder?"

Ignaz Weidinger fühlte sich gar nicht wohl in seiner Haut. Bei einer Nachprüfung würde leicht festzustellen sein, dass er als Berater mitnichten erfolgreich war. Genau genommen war er von einem gescheiterten Job in den nächsten geschlittert. Deshalb kam ihm ja auch das Angebot, den Geschäftsführerposten in der Golfanlage zu übernehmen, so überaus gelegen. Natürlich hatte er keine Belege für die Einzahlungen. Er überlegte fieberhaft, wie er am besten aus dieser Nummer herauskommen könnte.

Für die 350.000 Euro, die er in Teilbeträgen von Franz-Peter Bergmann erhalten hatte - jeweils nach Kurzreisen Bergmanns in die Schweiz - gab es natürlich keine Belege. Das hätte ja dem Sinn dieses Geschäfts widersprochen.

Ignaz Weidinger glaubte, in seiner Not eine geniale Ausrede gefunden zu haben.

„Herr Kommissar, ich muss mich korrigieren, die 350.000 Euro, die ich auf mein Konto einbezahlt habe, sind nicht etwa Honorar aus meiner Beratungstätigkeit. Ich habe mich geirrt. Es handelt sich vielmehr um private Zuwendungen, über deren Herkunft ich nichts sagen möchte."

„Hauptkommissar, bitte!"

Reischl amüsierte sich inzwischen über die Rolle Weidingers und war sich sicher, hier in ein Wespennest gestochen zu haben. Der Kerl hatte nach seiner Auffassung ganz sicher mit dem Fall zu tun.

„Wer war denn der großzügige Spender?" fragte Reischl, ohne mit einer ehrlichen Antwort zu rechnen.

„Das kann ich nicht sagen."

„Vielleicht können Sie uns dann wenigstens sagen, wo Sie in der Nacht vom 2. auf den 3. April 2009 waren? Sie wissen, das ist die Nacht, in der Ihr Freund Anton Huber ums Leben gekommen ist?" Reischl war sich sicher, dass Weidinger auf diese Frage vorbereitet war.

„Natürlich, wir können uns doch alle gut an diese traurigen Geschehnisse erinnern. Ich war auf einer Versammlung des SPD-Ortsvereins in Passau. Sie können das gerne überprüfen." Jetzt war Weidinger wieder obenauf.

„Das werden wir, darauf können Sie sich verlassen. Herr Weidinger, gehen Sie davon aus, dass das, was Sie uns hier an Märchen erzählt haben, so nicht durchgeht. Wir werden weitere Nachforschungen anstellen. Und ich garantiere Ihnen, dass wir auch das herausfinden werden, was Sie uns bisher verschwiegen haben. Und Ihrem Freund Angerbauer können Sie ausrichten, dass es für Sie beide äußerst eng wird."

Damit beendete Reischl diese ‚Farce', wie er das Verhör nannte.

Ignaz Weidinger war froh, dass er das Polizeirevier als freier Mann verlassen durfte, befürchtete allerdings weitere Ermittlungen der Polizei, die durchaus weniger gut für ihn ausgehen könnten.

***

32

Auch wenn die Gespräche mit Angerbauer und Weidinger noch nicht wirklich Klarheit gebracht hatten, war Hauptkommissar Reischl davon überzeugt, dass die beiden ganz tief in die Sache verwickelt waren. Allein die dubiosen Geldströme deuteten darauf hin, dass hier ein ‚dickes Ding' gedreht wurde. Ihm fehlte allerdings ein Anhaltspunkt dafür, wie dieser als Selbstmord getarnte Mord durchgeführt wurde.

„Grassinger, haben Sie Lust auf eine Runde Golf?" Reischl zog sich seine Jacke über und bemerkte, dass er mit dieser Frage seinen Assistenten etwas verunsichert hatte.

„Chef, was soll das? Wir können doch gar nicht Golf spielen."

„Das nicht, aber umsehen und umhören können wir uns auf der Golfanlage. Mal sehen, was wir dort erfahren können, kommen Sie." Reischl wollte Stanislaw Nowak befragen, ohne Vorwarnung.

Nach einer guten halben Stunde stellten sie ihr Dienstfahrzeug auf dem Parkplatz des Golfplatzes ab. Im Sekretariat, das sich außerhalb des Clubhauses befand, trafen sie auf eine junge Dame, die ihnen nach kurzer Begrüßung erklärte, ab 16:00 Uhr könnten sie im Rahmen des Mondscheintarifs für die halbe Spielgebühr auf den Platz. Und ob sie bitte die Ausweise sehen könnte. Sie meinte natürlich die Golfausweise.

Wenn die junge Dame eine gewisse Erfahrung im Umgang mit Golfern gehabt hätte, wäre es ihr sicher möglich gewesen, allein anhand der Kleidung der beiden Beamten zu erkennen, dass deren Interesse Golf zu spielen durchaus überschaubar war. Aber seit Ignaz Weidinger die Geschäfte führte und es durch den unerklärlichen Geldabfluss in die Schweiz sehr schlecht um die Finanzen der Golfanlage stand, lag es nahe, an allen Ecken und Kanten zu sparen, was natürlich auch an der personellen Ausstattung des Sekretariats nicht spurlos vorrübergegangen war. Nichts gegen die Dame am Empfang, sie war jung, hübsch und über alle Maßen blond, in jeder Beziehung. Aber leider konnte die fehlende Intelligenz nicht gänzlich durch ihr attraktives Äußeres ausgeglichen werden. Während die Männerwelt durchweg positiv auf die personelle Ergänzung am Empfang reagiert hatte, waren sich die weiblichen Mitglieder in der Einschätzung der neuen Kraft einig. Man hielt sie für ausgesprochen unfähig, einen einigermaßen einwandfreien Betrieb auf der Golfanlage zu gewährleisten. Doppelt vergebene Startzeiten und fehlerhaft ausgewertete Turnierergebnisse waren nur die Spitze des Eisbergs. Aber sie machte den Eindruck, als könnte sie außerhalb der Golfanlage für durchaus angenehmen Zeitvertreib sorgen. So sah es jedenfalls die Männerwelt.

Eine völlig ahnungslose und überforderte Empfangsdame stand nun also zwei Herren gegenüber, die statt der gewünschten Golfausweise ihre Dienstausweise von der Kriminalpolizei Rosenheim auf den Tresen legten.

Die Dame war zunächst sprachlos und stammelte dann: „Äh, Herr Weidinger, der Geschäftsführer, ist nicht da. Kann ich Ihnen helfen?"

Reischl war ja gewohnt, dass die Vorlage seines Dienstausweises hin und wieder Besorgnis hervorrief, jedenfalls bei den Leuten, die ein schlechtes Gewissen hatten. Aber diese junge Dame war ja völlig von der Rolle. Deshalb beruhigte Reischl sie: „Keine Angst wir wollen Sie nicht verhaften. Aber können Sie uns sagen, wo wir Herrn Stanislaw Nowak finden?"

„Hat er was angestellt? Mein Gott wie furchtbar!"

„Verstehen Sie doch, es handelt sich um reine Routine. Wir wollen Herrn Nowak lediglich ein paar Fragen stellen." Grassinger hatte sich eingeschaltet und versuchte der jungen Frau klar zu machen, dass wirklich kein Grund zur Aufregung bestand. In seiner schwarzen Lederjacke und mit der obligatorischen Sonnenbrille wirkte Grassinger eher wie ein Rocker, jedenfalls nicht wie ein seriöser Kriminalbeamter. Sein Outfit war kaum dazu angetan, die Befürchtungen der jungen Dame zu zerstreuen.

„Also, wo hält sich Herr Nowak auf?" übernahm Reischl wieder die Gesprächsführung.

„Er ist auf dem Platz und mäht die Grüns. Soll ich ihm etwas ausrichten?" Sie hatte sich etwas gefangen.

„Nein, wir müssen ihn sprechen. Sagen Sie uns, wie wir zu ihm kommen?" Reischl wollte auf gar keinen Fall, dass Nowak vor dem Gespräch Kontakt mit Weidinger aufnehmen konnte.

„Er müsste jetzt an der Bahn zwei sein. Ich gebe Ihnen ein E-Cart - Sie können doch damit fahren? Bitte immer am äußersten Rand der Golfbahn bleiben und nicht über das Grün fahren. Hier ist der Schlüssel. Das E-Cart steht vor der Tür."

Grassinger nahm seine Sonnenbrille ab, schaute der Dame, die er durchaus attraktiv fand, - aber er war ja im Dienst und sein Chef war dabei - tief in die Augen und wies auf die Tatsache hin, dass er vor Jahren einmal an einem Schnupperkurs teilgenommen hätte, weswegen man sich um sein korrektes Verhalten auf dem Golfplatz nicht sorgen müsse. Und auf den Hauptkommissar werde er schon achten. Die junge Dame war beeindruckt.

Grassinger setzte seine Sonnenbrille wieder auf, übernahm das Steuer des E-Carts und fuhr mit maximaler Geschwindigkeit entlang der Bahn 1 in Richtung Grün der 2. Bahn. Dabei überholte er am 1. Grün zwei Golfer, die gerade versuchten, ihre Bälle ins Loch zu spielen und sich maßlos über diesen Flegel am Steuer aufregten, der es nicht für nötig hielt, die Fahrt zu unterbrechen und auf ihr

Spiel Rücksicht zu nehmen. Grassinger hatte offensichtlich doch keine Vorstellung davon, wie sensibel Golfer auf Störungen reagieren.

Am 2. Grün war Stanislaw Nowak mit seinen Mäharbeiten fertig und wollte gerade die Fahne wieder ins Loch stecken, als Grassinger mit hohem Tempo den kürzesten Weg zwischen Bunker und Grün wählte und das E-Cart mit einem Powerslide, durch den tiefe Spuren im Vorgrün entstanden, vor Nowak zum Stehen brachte.

„Sind Sie wahnsinnig?" Stanislaw Nowak war aufgebracht. Wie konnte dieser Typ es wagen, dermaßen rücksichtslos mit dem Cart den Golfplatz zu traktieren. „Wer hat Ihnen erlaubt, mit dem Cart zu fahren?" wollte er wissen.

„Nun mal langsam, junger Mann", Grassinger kam sich mit seiner dunklen Sonnenbrille ziemlich souverän vor, auch wenn er sicher um einiges jünger war als Stanislaw Nowak.

Reischl beruhigte die Szene, indem er seinen Dienstausweis zeigte und Stanislaw Nowak erklärte, wie dringend man ihn sprechen müsste.

Inzwischen standen die beiden Golfer, die Grassinger so flott überholt hatte, am Abschlag des 2. Lochs und warteten, dass diese flegelhaften Typen, die da mit dem Greenkeeper sprachen, das Grün frei machten. Um ihrer Absicht, bald weiterzuspielen, Nachdruck zu verleihen, riefen sie laut und mehrfach: „Fore."

Grassinger wollte von Nowak wissen, was das zu bedeuten hätte. „Wir sollten hier verschwinden, folgen Sie mir bitte. Ich fahre zum Clubhaus, dort können wir uns unterhalten."

Grassinger lenkte das E-Cart, jetzt allerdings mit sehr gemäßigter Geschwindigkeit, hinter dem von Nowak gesteuerten Mäher her, stellte das Fahrzeug vor dem Sekretariat ab und übergab den Schlüssel der jungen Dame, die gerade Feierabend machen wollte. Es war schließlich schon 16:00 Uhr und Überstunden wurden nicht bezahlt. Zu gerne hätte Grassinger versucht, sich mit der Dame zu verabreden, sie gefiel ihm wirklich, aber leider war sein Chef in der Nähe. Und der konnte sehr ungemütlich werden, wenn Grassinger im Dienst irgendwelche privaten Verabredungen zu treffen suchte. Dabei sah es ganz so aus, als wenn der Hauptkommissar selbst scharf auf die Frau war. Grassinger war nämlich nicht entgangen, dass Reischl der Dame bei der Begrüßung eine Idee zu lange in den Ausschnitt geschaut hatte. Bei der Oberweite hatte er dafür sogar ein gewisses Verständnis. Aber der alte Sack hatte sicher keine Chance bei ihr, dachte Grassinger.

„Wir gehen ins Clubhaus", Nowak riss Grassinger aus seinen Träumen und ging voran.

Sie nahmen in der von Ignaz Weidinger neu gestalteten Lounge Platz. Diese Lounge hatte wegen ihres spröden Charmes bei den Mitgliedern durchweg Ablehnung hervorgerufen. Man fühle sich an ein Bahnabteil 3. Klasse aus den 50er Jahren erinnert, Es fehle nur noch der Hinweis: ‚Für Reisende mit Traglasten'. Billige Kunstlederbezüge in einem abstoßenden Dunkelrot gaben den Sitzmöbeln ein

Erscheinungsbild, das den Begriff ‚Lounge' ad absurdum führte. Die kleinen runden Tische kannte man von Präsentationen auf ländlichen Flohmärkten. Kurz: Das Treffen hätte sicher in einem der Verhörzimmer im Polizeipräsidium in angenehmerer Atmosphäre stattgefunden.

„Herr Nowak", begann Reischl das Gespräch, „Sie sind ja schon seit etlichen Jahren hier auf der Golfanlage beschäftigt und können sich sicher an den Tag erinnern, an dem Anton Huber verstorben ist. Erzählen Sie uns doch bitte, wie Sie das damals erlebt haben."

Stanislaw Nowak war sichtlich erschrocken. Er hatte nicht damit gerechnet, nach so langer Zeit auf den Tod von Toni angesprochen zu werden. Wieso kam die Polizei jetzt auf die Idee, Fragen zu stellen? Zu gern hätte er jetzt mit Alois Angerbauer oder Ignaz Weidinger gesprochen, um zu vermeiden, eventuell etwas Falsches zu sagen. Aber diese Gelegenheit hatte er nicht, die war von diesem Hauptkommissar durch den überraschenden Besuch vereitelt worden. Er überlegte, wie er sich am geschicktesten verhalten würde.

„Was soll ich sagen?" begann er ausweichend, „ich habe morgens bei Dienstbeginn erfahren, dass sich Anton Huber das Leben genommen hatte. Mehr kann ich dazu nicht sagen."

„Wo waren Sie denn in der Nacht vom 2. auf den 3. April 2009, das war die Nacht von der wir jetzt sprechen. Sie können sich doch sicher erinnern, oder?" Reischl wollte es genau wissen.

„Natürlich weiß ich das noch, es war an einem Freitag, wir wollten früh mit den Platzarbeiten beginnen und die Grüns aerifizieren. Ich war die ganze Nacht von Donnerstag auf Freitag zu Hause."

„Gibt es dafür Zeugen?" Grassinger traute sich, diese Frage zu stellen.

„Natürlich, meine Frau, wir waren den ganzen Abend zu Hause." Nowak klang sehr überzeugend.

„Wann haben Sie Anton Huber das letzte Mal gesehen? Haben Sie bei Herrn Huber in irgendeiner Weise eine Veränderung oder sonst etwas festgestellt, was auf einen bevorstehenden Suizid hingedeutet hätte?" Reischl hoffte immer noch, im näheren Umfeld von Anton Huber Hinweise zu finden.

„Hingedeutet worauf?" Stanislaw war sich nicht sicher, was der Hauptkommissar wohl gemeint haben könnte.

„Auf einen Selbstmord!"

„Nein, mir ist nichts aufgefallen."

Diese Antwort kam prompt, ohne jegliche Überlegung, so dass Reischl stutzig wurde. Der Kerl wusste bestimmt mehr. Deshalb fasste Reischl nach. „Und wann haben Sie ihn nun zuletzt gesehen?"

Nowak überlegte kurz und sagte: "Soweit ich mich erinnere, am Nachmittag vorher. Er war über den Platz gefahren, um unsere Arbeit zu kontrollieren und ist dann mit der Sekretärin Frau Klett weggefahren."

„Wissen Sie, wohin die beiden gefahren sind?"

„Nein, keine Ahnung."

„Herr Nowak, Sie haben Ihr Konto bei der Raiffeisenbank Feldkirchen-Westerham. In der Zeit von Dezember 2010 bis Juni 2012 haben Sie insgesamt 100.000 Euro auf dieses Konto eingezahlt, und zwar 4 x 25.000 Euro. Woher stammt das Geld?"

Jetzt wirkte Nowak verunsichert, so, als müsse er nach einer Ausrede suchen, dann jedoch erklärte er mit fester Stimme: „Das stammt von meiner Familie aus Polen, die uns beim Hauskauf unterstützt hat."

„Und das haben Sie bar eingezahlt? Warum wurde das nicht überwiesen?" Reischl hatte Zweifel am Wahrheitsgehalt dieser Aussage.

„Naja, meine Eltern trauen den Banken nicht so recht, deshalb haben sie das Geld immer, wenn sie uns besucht haben, in bar mitgebracht." Nowak spekulierte darauf, dass man das ja wohl nicht würde überprüfen können.

Reischl hatte das Gefühl, hier angelogen zu werden. Es war einfach blöd, in einem Fall zu ermitteln, der sechs Jahre zurücklag und bei dem es keine verwertbaren Spuren mehr gab. Deshalb beendete er das Gespräch, nicht ohne Nowak darauf hinzuweisen, dass er sich weiterhin bereithalten müsse, und dass er bitte unverzüglich anzurufen hätte, wenn ihm noch etwas einfiele.

„Und noch eine Frage, Herr Nowak, wo wohnen Sie?" Reischl hatte die Absicht, Nowaks Frau unverzüglich einen Besuch abzustatten.

Nowak gab Reischl die Adresse und erklärte, er habe vor einiger Zeit ein Haus in der Nachbargemeinde gekauft, das er jetzt nach und nach renoviere. Leider sei das noch immer eine Baustelle, aber seine Arbeit hier auf dem Golfplatz nehme ihn sehr in Anspruch, weswegen die Renovierungsarbeiten nicht so recht vorangingen.

„Vielen Dank. Servus, einen schönen Tag noch!" Dann wies Reischl Grassinger an, unverzüglich die von Nowak genannte Adresse anzufahren.

***

33

Das Haus von Stanislaw Nowak war tatsächlich noch eine Baustelle. Da Nowak mit seiner kleinen Familie nun schon mehrere Jahre hier wohnte, hätte man eigentlich von einem deutlich besseren Fortschritt der Renovierungsarbeiten ausgehen können. Aber das sollte Reischl nicht weiter interessieren, es hatte ja mit der Wahrheitsfindung wenig zu tun.

Die Herren versuchten, sich mittels der an der Haustür angebrachten Klingel bemerkbar zu machen, ohne Erfolg. Da das Grundstück nicht eingezäunt war, traten sie hinter das Haus und trafen Frau Nowak im Garten an, wo sie mit ihrem kleinen Sohn in einem Sandhügel spielte. Der Sand war sicherlich für die eine oder andere Baumaßnahme bestimmt, diente nun aber vorübergehend als Sandkiste.

„Grüß Gott, Frau Nowak, ich bin Hauptkommissar Reischl von der Kripo Rosenheim, dies ist mein Assistent Grassinger", dabei streckte er Frau Nowak seinen Dienstausweis entgegen.

Frau Nowak war eine sehr sympathische junge Frau, die, wie sie später erzählte, ihren Mann auf einer Kirmes in Feldkirchen-Westerham kennengelernt hatte und ihn von der ersten Stunde an sehr nett fand. Für die Vorbehalte, die ihre Verwandtschaft und ihre Freunde immer wieder wegen seiner Herkunft äußerten, hatte sie überhaupt kein Verständnis gehabt. Warum sollte sie sich nicht in einen Polen verlieben, der schon seit einigen Jahren in Deutschland lebte, auf der Golfanlage Gut Waldskofen arbeitete und einen guten Ruf hatte. Es war aus ihrer Sicht schon bemerkenswert, wie fremdenfeindlich sich manche Bayern, besonders hier in der Provinz, gaben.

Und jetzt stand ein solcher Bayer mit seinem Assistenten, der auftrat, als sei er der Chef, vor ihr.

„Grüß Gott", grüßte sie zurück, „was führt Sie zu mir?" Der 3-jährige Sohn zeigte sich weitgehend unbeeindruckt von dem Besuch und konzentrierte sich auf die Beladung eines Kippers mit Sand, der ja reichlich verfügbar war.

„Wir würden Ihnen gern ein paar Frage stellen, können wir ins Haus gehen?" Reischl hatte es nicht gern, wenn seine Gesprächspartner in irgendeiner Weise abgelenkt wurden. „Herr Grassinger wird sich so lange mit Ihrem Sohn beschäftigen und mit ihm spielen."

„Aber...", Grassinger wollte aufbrausen, wurde aber durch einen Blick Reischls gestoppt. Grassinger sah ein, dass hier Widerspruch zwecklos war, auch wenn er diese Vorgabe seines Chefs als Zumutung empfand. Er war schließlich Polizist und nicht Kindermädchen, aber das würde er ihm bei Gelegenheit schon noch klarmachen.

Grassinger wurde von der drohenden Aufgabe umgehend befreit, denn als die Mutter Anstalten machte, mit dem Hauptkommissar ins Haus zu gehen, inszenierte der Sohn ein Geschrei, das wohl auch noch in den Nachbarhäusern zu hören war. Aus dem Gespräch unter vier Augen wurde also nichts, man ging gemeinsam ins Haus. Der Bengel hatte sich wieder beruhigt, als Frau Nowak den Herren anbot, im Wohnzimmer Platz zu nehmen, das zwar großzügig möbliert war, gleichwohl gab es kaum eine nutzbare Sitzgelegenheit. Überall lagen Dinge herum, die auf die nächste Aufräumaktion warteten. Besonders fiel das Geschirr auf, das wohl nach dem Mittagessen nicht abgeräumt worden war. Aha, dachte Reischl, jetzt weiß ich, was der Volksmund meint, wenn er von ‚Polnischer Wirtschaft' spricht.

„Darf ich Ihnen etwas anbieten, vielleicht einen Kaffee?" sie wollte nicht unhöflich sein, obwohl sie nicht sicher war, zwei saubere Tassen zu finden.

Mit Blick auf das Chaos dankten zeitgleich Reischl und Grassinger. „Nein danke, wirklich sehr nett von Ihnen."

„Entschuldigen Sie", sagte Frau Nowak, als sie den kritischen Blick des Hauptkommissars bemerkte, „aber mit dem Kind…!"

Reischl fand, das Kind sei eigentlich keine Entschuldigung für diesen Saustall, andere Mütter kriegten Job, Haushalt und sogar mehrere Kinder unter einen Hut, ohne dass der Haushalt verwahrloste. Aber das sollte ihn nicht weiter interessieren, er war nur der Wahrheit auf der Spur. Deshalb fragte er: „Frau Nowak, erinnern Sie sich an den Selbstmord von Herrn Anton Huber?"

"Ja, natürlich, warum fragen Sie?" Sie war erstaunlich ruhig, als hätte sie mit dieser Frage gerechnet.

„Können Sie uns sagen, wo Ihr Mann am Abend bzw. in der Nacht war, als Anton Huber sich das Leben nahm?" Reischl wollte noch nicht verraten, dass es sich nicht um Selbstmord handelte.

„Ja, ich erinnere mich noch genau, denn am nächsten Morgen kam mein Mann ganz aufgeregt zu mir und berichtete von dem Selbstmord. Wir wohnten damals ja noch auf dem Gutshof, deshalb habe ich sofort davon erfahren. Mein Mann war den ganzen Abend vorher zu Hause, wir haben ferngesehen." Frau Nowak, hatte das Gefühl, sehr überzeugend zu wirken.

Hauptkommissar Reischl war von der Bestätigung des Alibis nicht wirklich überrascht. Wenn die beiden wirklich etwas mit dem Mord zu tun gehabt hätten, wäre die Verabredung eines gegenseitigen Alibis ja sehr wahrscheinlich. Zunächst konnte man also Stanislaw Nowak nichts nachweisen. Reischl hegte trotzdem Zweifel an der von Frau Nowak aufgetischten Geschichte.

Die Herren von der Kripo verabschiedeten sich. Auf der Fahrt ins Präsidium dachte Reischl darüber nach, ob es nicht besser gewesen wäre, nach dem Gespräch mit Nowak sicherzustellen, dass er mit seiner Frau keine Absprachen würde treffen können. Doch es wurde ihm sehr schnell bewusst, dass das wahrscheinlich schon lange vorher passiert war, wenn die beiden wirklich in den Mord verwickelt waren.

„Grassinger, wir werden noch weiter hinter die Kulissen schauen, die Sache stinkt zum Himmel. Aber es gibt ja noch ein paar Personen, die sicher wichtige Hinweise geben können. Morgen früh geht es weiter. Wir besuchen Dr. Strobel."

***

34

Hauptkommissar Reischl war inzwischen aus dem Kreis der Mitglieder der Golfclubs zu Ohren gekommen, dass der damalige Präsident des Clubs, Dr. Edmund Strobel, nach dem Tod Anton Hubers damit geprahlt hatte, er könne die Anlage übernehmen und sie - natürlich im Sinne der Mitglieder - erfolgreich führen. Die damals steigende Zahl der Mitglieder wäre sicher dazu angetan, genügend Geld für die Übernahme aufzutreiben. Wenn die Mitglieder sich in gewissem Umfang beteiligen würden, hätten wohl auch die örtlichen Banken Interesse, ein solches Projekt zu unterstützen. Reischl war sich nicht ganz sicher, wie stark das Interesse Strobels an einer solchen Lösung wirklich gewesen war. Umsetzen hätte er diese Idee grundsätzlich ja erst nach dem Ableben von Anton Huber, der zu Lebzeiten wohl niemals an einen Verkauf der von ihm selbst unter großem Einsatz geschaffenen

Golfanlage gedacht hatte. Sollte sich daraus vielleicht sogar ein Motiv für den Anwalt ableiten lassen? Natürlich war nicht im Traum daran zu denken, dass Strobel sich selbst die Finger schmutzig machen würde, aber es gab ja durchaus genug Auftragskiller, die relativ günstig zu haben waren. Günstig jedenfalls im Verhältnis zu dem in Aussicht stehenden Gewinn.

Reischl wollte dem Herrn Anwalt einmal auf den Zahn fühlen.

Herr Dr. Strobel staunte nicht schlecht, als Hauptkommissar Reischl mit seinem Assistenten Grassinger am Empfang der Kanzlei in Bad Aibling stand. Die Sekretärin versuchte zwar, die Herren auf einen noch zu vereinbarenden Termin zu vertrösten, ein Blick auf die Dienstausweise löste bei ihr jedoch schnell die Erkenntnis aus, dass hier eine Ausnahme von der Regel zu machen sei. Dr. Strobel pflegte nämlich grundsätzlich keine Gespräche mit Besuchern zu führen, wenn nicht vorher ein Termin vereinbart worden war und er die Möglichkeit intensiver Vorbereitung in Anspruch nehmen konnte. Die Sekretärin wusste, dass selbst langjährige Mandanten sich an diese Regel zu halten hatten. Es gab in der Vergangenheit nur eine Ausnahme, das war Sebastian Kofler, der als Golfclubmanager tätig war, als Strobel noch Präsident des Clubs war. Die beiden hatten ein so inniges Vertrauensverhältnis, dass es Kofler ein ums andere Mal möglich war, im Namen des Präsidenten zu handeln, ohne vorher dessen Zustimmung eingeholt zu haben. So war es durchaus nicht die Ausnahme, dass in wichtigen Angelegenheiten auch Entscheidungen getroffen wurden, die als nicht satzungsgemäß einzustufen und am Rande der Legalität waren. Mit dieser vertrauensvollen Zusammenarbeit war es leider vorbei, seit Dr. Strobel nicht mehr gewählt und Sebastian Kofler durch Alois Angerbauer entlassen worden war.

Die Kanzlei war etwas altmodisch eingerichtet. Bereits die Empfangstheke ließ ein einigermaßen ansprechendes Design vermissen. Gut, die Möbel wirkten gediegen, aber geschmacklos und nicht mehr zeitgemäß. Für wenig Geld hätte man in dem skandinavischen Möbelhaus, das vor einigen Jahren am Autobahnkreuz Brunnthal in Taufkirchen eröffnet hatte, die Kanzleiräume etwas auffrischen können. Im Prinzip passte der Gesamteindruck jedoch durchaus zu Dr. Strobel und seinem Partner.

Dr. Strobel hatte die beiden Herren von der Kripo in sein Büro gebeten und mit ihnen am Besprechungstisch Platz genommen.

„In welcher Angelegenheit besuchen Sie mich?" wollte er wissen. Diese Frage war rein rhetorischer Art, denn Strobel hatte durch eine undichte Stelle im Präsidium längst erfahren, dass wegen des Selbstmords von Anton Huber ermittelt wurde. Allerdings war ihm nicht ganz klar, was er damit zu haben sollte.

Reischl kam gleich auf dem Punkt: „Wir ermitteln in einem Mordfall. Anton Huber ist nämlich nicht, wie zunächst angenommen, freiwillig aus dem Leben geschieden, er wurde ermordet."

Nach einer Pause, Reischl wartete vergeblich auf eine Reaktion Strobels, fügte er hinzu: "Und deshalb haben wir einige Fragen an Sie!"

„Ich fürchte, ich werde Ihnen da kaum weiterhelfen können." Dr. Strobel hatte nicht die Absicht, diese Ermittlungen zu unterstützen. Er verstand nicht, warum man diesen Fall nicht auf sich beruhen lassen wollte.

„Herr Dr. Strobel", begann Reischl wieder, „Sie als Anwalt werden verstehen, dass wir jeder Spur nachgehen müssen. Und da ist es einfach zwingend, dass wir alle Personen überprüfen, die vom Tod Anton Hubers profitiert haben oder hätten profitieren können."

„Das mag ja sein, das verstehe ich sogar, aber sagen Sie mir, wie Sie in diesem Zusammenhang auf mich kommen? Wie sollte ich von Hubers Tod profitieren? Haben Sie eine Vorstellung davon, was damals auf mich als Präsidenten einstürzte, als Toni, ich meine Anton Huber, plötzlich nicht mehr da war?"

Strobel hielt dieses Gespräch für völlig überflüssig. Aber so waren sie nun mal, die Ermittlungsbeamten. In diesem Moment war er froh, sich inzwischen auf Miet- und Wohnungseigentumsrecht spezialisiert zu haben und demzufolge mit der Kripo so gut wie nichts mehr zu tun zu haben. Aber jetzt ließ der Hauptkommissar nicht locker.

„Es gibt Hinweise darauf, dass Sie die Absicht hatten, die Golfanlage zu übernehmen. Wäre Anton Huber einem solchen Vorhaben nicht im Wege gestanden?" Jetzt hatte Reischl die Katze aus dem Sack gelassen.

„Wer kommt denn auf diesen Blödsinn? Das ist doch völlig absurd. Vielleicht habe ich irgendwann einmal geäußert, es wäre interessant, eine Golfanlage zu besitzen und zu managen. Aber das war nie ein ernsthafter Plan. Schon gar nicht in der Situation, die nach dem Selbstmord in Waldskofen entstanden war." Strobel war sichtlich nervös und zeigte Wirkung nach Reischls Frage.

„Herr Dr. Strobel, wo waren Sie am Abend des 2. und in der Nacht vom 2. auf den 3. April 2009?"

„Soll das heißen, Sie verdächtigen mich, Toni Huber umgebracht zu haben. Sie versteigen sich da in etwas…" Strobel war sichtlich angefressen.

„Das ist nur eine Routinefrage, also, wo waren Sie?" Reischl ging davon aus, dass man sich an ein solches Ereignis genau erinnerte und auch wusste, wo man die fragliche Zeit verbracht hatte.

„Warten Sie", Strobel ging an seinen Computer und rief offensichtlich den Kalender auf, „ach ja, am Abend des 2. April habe ich an der Sitzung vom Bayerischen Golfverband in Würzburg teilgenommen. Die Sitzung ging bis nach Mitternacht und ich war erst spät in der Nacht wieder zu Hause."

„Gut, wir werden das überprüfen. Bitte entschuldigen Sie die Unannehmlichkeiten." Reischl und Grassinger verabschiedeten sich, bedankten sich für den Kaffee, der ihnen angeboten worden war, und verließen die Kanzlei.

Zurück auf dem Präsidium brachte ein Anruf beim Bayrischen Golfverband schnell Klarheit. Am 2. April 2009 gab es tatsächlich eine Vorstandssitzung in Würzburg, an der auch der Präsident des GC Gut Waldskofen teilgenommen hatte. Die Sitzung dauerte bis kurz nach Mitternacht. Da die Fahrt von Würzburg auch in der Nacht kaum in weniger als 2 1/2 Stunden zu schaffen war, schied Dr. Strobel als Verdächtiger aus. Er konnte allenfalls als ‚Hintermann' tätig geworden sein, aber das würde sich noch herausstellen.

Reischl und Grassinger würden sich zunächst auf andere Personen im Umfeld des Verstorbenen konzentrieren müssen.

***

35

Wenn Reischl so richtig überlegte, blieben eigentlich nur noch zwei Personen, die vielleicht zu den Vorgängen am 2. April vor sechs Jahren etwas sagen könnten. Da war einmal der damalige Manager, Sebastian Kofler, dessen Weste sicher nicht porentief rein war. Immerhin hatte er, wie sich inzwischen herausgestellt hatte, Anton Huber kräftig dabei geholfen, die Steuerlast der Golfanlage zu reduzieren und dafür gesorgt, dass seinem Chef für dessen Engagement an den einschlägigen Spieltischen des Landes ausreichende bare Mittel zur Verfügung standen. Selbst wenn die fortgesetzte Entnahme der Barmittel auch nach dem Tod Hubers den Tatbestand der Unterschlagung erfüllte, einen Mord traute Reischl ihm nicht zu. Warum sollte Kofler die Quelle seines angenehmen Lebensstandards beseitigen? Das machte nun wirklich keinen Sinn.

Blieb Stefanie Klett, die mit Anton Huber ein Verhältnis hatte. Wir man hörte, war Toni ihre große Liebe. Sie hatten gemeinsame Zukunftspläne. Bei Steffi ein Motiv zu suchen, war sicher auch vergeblich. Trotzdem nahm Reischl sich vor, Steffi nach ihrem Alibi zu fragen. Allerdings versprach er sich nicht allzu viel davon. Nach seiner Überzeugung musste die Lösung des Falls bei den Personen gesucht werden, die direkt oder indirekt mit den Geldern, die in die Schweiz transferiert worden waren, zu tun hatten. Das waren aus seiner Sicht Angerbauer, Weidinger und Bergmann. Vielleicht spielte auch Nowak eine Rolle, denn die Geschichte mit dem Geld aus Polen wollte Reischl nicht so recht einleuchten.

„Grassinger", Reischl sprach seinen Assistenten an, der wieder einmal zu spät von der Mittagspause zurückgekommen war, „kriegen Sie mal raus, wo sich Frau Stefanie Klett zur Zeit aufhält".

Stefanie Klett hatte, nachdem sie von dem neuen Geschäftsführer der Golfanlage, Ignaz Weidinger, mit fadenscheinigen Argumenten entlassen worden war, lange Zeit Probleme, wieder einen adäquaten Job zu finden. Kurzzeitig hatte Dr. Edmund Strobel sie in seiner Kanzlei als Empfangsdame beschäftigt, aber für Steffi war das nun wirklich keine angemessene Beschäftigung. Da kam ihr sehr gelegen, dass der Nachbarclub, der Golfclub Schloss Maxlrain, eine Sekretärin suchte und Steffi mit Kusshand nahm, weil sie im gesamten Verband als überaus fähig bekannt war und ihr der Ruf vorauseilte, sehr kompetent zu sein und die Atmosphäre im Club positiv beeinflussen zu können.

Grassinger hatte sehr schnell durch zwei Telefonate ermittelt, dass Stefanie Klett heute im Golfclub Maxlrain tätig war und wegen des Turniers, das die Herren am Nachmittag spielten und von dem sie die Auswertung zu machen hatte, wohl erst zu später Stunde nach Hause kommen würde.

„Gut", meinte Reischl, „dann werden wir mal den Golfclub Schloss Maxlrain besuchen." Er stand auf, zog seine Jacke an und nickte Grassinger auffordernd zu, der seinem Chef kommentarlos folgte.

Grassinger staunte nicht schlecht, als er mit seinem Chef auf den Parkplatz der Golfanlage Maxlrain fuhr. Eine so eindrucksvolle Golfanlage, die sich in absoluter Ruhe neben dem prächtigen Renaissance-Bau von Schloss Maxlrain befand, hatte er noch nicht gesehen. Frau Klett hatte offensichtlich einen sehr angenehmen Arbeitsplatz gefunden.

Der Besuch der Kripo hatte bei Steffi eine gewisse Verwunderung ausgelöst. „Herr Hauptkommissar, ist das Ihr Ernst? Toni soll ermordet worden sein? Das kann ich nicht glauben."

Die Behauptung, Anton Huber sei einem Verbrechen zum Opfer gefallen, brachte Steffi doch ziemlich aus der Verfassung. „Haben Sie Beweise?" wollte sie wissen.

„Nein, noch gibt es viele ungelöste Fragen, deshalb erhoffen wir uns von Ihnen die eine oder andere Klärung." Reischl war sich im Moment nicht sicher, wie weit er sie in den Stand der Ermittlungen einweihen sollte. Er beschloss, sich mit seinem Wissen noch zurückzuhalten und fragte sie: „Wann haben Sie Anton Huber das letzte Mal gesehen?"

„Wir haben den Abend vor seinem Tod zusammen im Hotel Post in Bad Aibling verbracht. So gegen 22:00 Uhr ist er zum Golfclub aufgebrochen, wo er noch etwas zu erledigen hatte." Steffi konnte sich genau erinnern.

„Und danach hatten Sie keinen Kontakt mehr zu Anton Huber?" Reischl hoffte, doch noch etwas mehr zu erfahren.

„Normalerweise schlief Toni ja bei mir, er war nur noch selten in seinem Haus bei seiner Familie. An diesem Abend jedoch rief er an und erzählte mir, er hätte in der Werkstatt Stanislaw Nowak getroffen und müsse mit ihm noch einiges besprechen. Da es wohl später werden würde, wollte er zu Hause schlafen." Steffi erinnerte sich nicht gerne an diesen Abend. Durch die Fragerei des Hauptkommissars kamen die Geschehnisse dieser Nacht und des folgenden Tages wieder deutlich in ihr Bewusstsein zurück.

„Und danach hat er sich nicht mehr gemeldet? Wissen Sie, was er mit Stanislaw Nowak zu besprechen hatte?" Jetzt witterte Reischl eine Spur und wollte alles wissen.

„Nein, mehr kann ich dazu nicht sagen. Am nächsten Morgen erreichte mich die Nachricht von Tonis Selbstmord."

„Wer hat Sie informiert?"

„Ich erhielt einen Anruf von Dr. Lustenau, den ich vom Golfclub gut kannte und der von meiner Beziehung zu Toni wusste."

Im Nachhinein wunderte Steffi sich doch ein wenig über die fürsorgliche Anteilnahme von Dr. Lambert Lustenau, der nur wenige Wochen nach dem Tod Anton Hubers ihr Herz erobert hatte.

Hauptkommissar Reischl war mit dem Ergebnis dieser Befragung hoch zufrieden. Er hatte sich nicht anmerken lassen, dass ein Detail der Aussage seine besondere Aufmerksamkeit in Anspruch genommen hatte. Er wusste jetzt, in welche Richtung die weiteren Ermittlungen gehen müssten. Er bedankte sich bei Steffi und verabschiedete sich. Grassinger folgte ihm, durch seine Sonnenbrille meisterlich getarnt. Wie immer hatte er an dem Gespräch schweigend teilgenommen. Schließlich wusste er genau, dass sein Chef es hasste, wenn er ihm mit Fragen oder Kommentaren in die Parade fuhr. Seine Aufgabe war, zuzuhören und zu lernen.

Wieder im Auto stellte Reischl seinen Assistenten auf die Probe: „Na Grassinger, ist Ihnen etwas aufgefallen?"

„Nein, Chef, nichts Besonderes. Was hätte mir auffallen sollen?"

„Grassinger, Sie sind ein hoffnungsloser Fall. Da wird uns der Schlüssel zur Lösung dieses Falles geliefert und Sie bekommen es nicht mit. Ich dachte immer, Ihre tolle Sonnenbrille würde nur Ihren Blick trüben, aber dass auch noch Ihr Gehör dadurch in Mitleidenschaft gezogen würde, habe ich nicht erwartet." Da Reischl nun endlich eine heiße Spur hatte, war er zu Scherzen aufgelegt, was selten genug vorkam.

„Was meinen Sie, Chef?" Grassinger konnte wirklich nicht folgen.

„Erinnern Sie sich an das Gespräch mit Stanislaw Nowak? Er hat behauptet, den ganzen Abend bei seiner Frau gewesen zu sein. Tatsächlich stellt sich jetzt heraus, dass er Anton Huber in der fraglichen Nacht in der Werkstatt getroffen hat. Auch wenn seine Frau sein Alibi bestätigt hat, ich glaube Frau Klett, wenn sie berichtet, Anton Huber hätte ihr am Telefon von einem Treffen mit Nowak erzählt. Wenn Anton Huber gegen 22:00 Uhr zum Golfclub aufgebrochen ist, muss Nowak also danach noch in der Werkstatt gewesen sein. Das macht ihn in hohem Maß verdächtig. Er wird uns erklären müssen, warum er gelogen hat."

Reischl war sich ziemlich sicher, dass Nowak mit dem Mord etwas zu tun hatte. Die Geschichte mit dem Geld von seiner Familie aus Polen erschien ja auch ziemlich dubios.

„Und was wollen Sie jetzt tun?" Grassinger hatte wie immer keine Idee.

„Grassinger, das liegt doch auf der Hand. Unser Mann heißt Nowak, wir fahren jetzt zum Golfclub Gut Waldskofen. Dort werden wir ihn ja wohl antreffen. Und wenn er schon Feierabend haben sollte, besuchen wir ihn privat.

***

36

Kurz vor 16:00 Uhr erreichten sie den Golfclub. Nowak stand vor dem Clubhaus und diskutierte mit dem Geschäftsführer, Ignaz Weidinger.

„Grüß Gott, die Herren, Entschuldigung, Herr Nowak, wir hätten noch ein paar Fragen an Sie. Können wir Sie einen Moment sprechen?" Reischl bereute seinen Entschluss, Nowak auf dem Golfplatz aufzusuchen. Die Anwesenheit Weidingers passte ihm überhaupt nicht in den Kram. Aber das war jetzt nicht mehr zu ändern.

„Was gibt es denn noch zu klären?" mischte Ignaz Weidinger sich ein.

„Wir würden Herrn Nowak gerne allein sprechen, Herr Weidinger." Reischl hoffte, dass Weidinger diesen Hinweis verstehen und verschwinden würde. Weidinger jedoch ließ jegliche Sensibilität vermissen und dachte gar nicht daran, die Herren allein zu lassen.

„Fragen Sie Herrn Nowak ruhig, wir haben keine Geheimnisse untereinander. Ihm macht es nichts aus, wenn ich dabei bin".

Reischl empfand diese Einmischung als reichlich unverschämt und wurde deutlicher: „Herr Weidinger, wir entscheiden selbst, wer bei welchen Gesprächen anwesend ist. Wir befinden uns in polizeilichen Ermittlungen und Ihre Anwesenheit ist nicht erwünscht, wenn wir Herrn Nowak befragen. Wenn es Ihnen nicht passt, dass wir das Gespräch hier im Golfclub führen, können wir mit Herrn

Nowak auch gern ins Präsidium fahren. Sie sind auf jeden Fall nicht dabei. War das deutlich genug?"

Weidinger verabschiedete sich, er wirkte eingeschnappt, als er noch eine letzte Bemerkung in Richtung Reischl schickte: „Ich denke, Sie ermitteln in die falsche Richtung. Herr Nowak hat Ihnen doch bereits alles gesagt. Nehmen Sie lieber die Pokerfreunde von Toni Huber unter die Lupe, da werden Sie sicher eher fündig."

Reischl beherrschte sich und reagierte nicht auf diese Bemerkung. Er nahm sich jedoch vor, im Umfeld von Ignaz Weidinger noch einmal etwas genauer nachzuforschen. Der Auftritt dieses selbstzufriedenen Wichtigtuers erschien ihm sehr verdächtig. Warum wollte er von Nowak ablenken und die Pokerrunde von Anton Huber in den Focus der Ermittlungen rücken? Hatte er etwas zu verbergen?

Reischl konzentrierte sich zunächst auf Nowak und fragte: „Können wir in diesen eigenartigen Raum gehen, den Sie Lounge nennen, damit wir uns ungestört unterhalten können?"

Nowak nickte und ging voran. Reischl belegte einen Sessel, Grassinger machte es sich auf einer Bank bequem, die ihm schon bei ihrem ersten Gespräch in diesem Raum wie ein Möbel aus einem Eisenbahnabteil vorkam. Nowak setzte sich auf einen Hocker und schaute Reischl erwartungsvoll an.

„Herr Nowak", begann Reischl, „warum haben Sie uns angelogen?"

„Ich Sie angelogen? Wie kommen Sie darauf? Niemals!" Nowak schien sich seiner Sache sicher zu sein.

„Ich frage Sie noch einmal, wo waren Sie in der Nacht, in der Anton Huber zu Tode kam?" Reischl wollte ihm noch eine Chance geben, seine frühere Aussage zu korrigieren.

„Ich weiß nicht, was das jetzt soll, ich habe Ihnen doch gesagt, dass ich den ganzen Abend und die Nacht zuhause war, was meine Frau ja bestätigt hat." Nowak ahnte immer noch nicht, was ihn erwartete.

„Herr Nowak, ich rate Ihnen dringend, zur Wahrheit zu kommen. Wir haben Zeugenaussagen, die belegen, dass Ihre Aussage falsch ist. Bleiben Sie wirklich bei Ihrer Behauptung?"

„Herr Hauptkommissar, was soll ich Ihnen anderes sagen, es war so wie ich es geschildert habe." Nowak glaubte nicht an die Zeugenaussagen. Er hatte das Gefühl, Reischl würde vielleicht bluffen.

„Na gut, erwiderte Reischl, „wenn Sie nicht anders wollen. Sie sind dringend verdächtig, den Mord an Anton Huber begangen zu haben. Ich nehme Sie deshalb vorläufig fest. Auf dem Revier werden Sie ein Protokoll unterschreiben. Wenn Sie bei Ihrer Aussage bleiben, kommt wohl noch der Vorwurf falscher uneidlicher Aussage hinzu. Folgen Sie uns."

„Moment, das dürfen Sie nicht. Sie können nichts beweisen. Die Vorwürfe sind völlig haltlos!" Nowak war deutlich blasser geworden. Er war sichtlich nervös.

„Kann ich noch eben meine Frau anrufen?" Nowak wollte seine Frau vorwarnen, die Polizei würde sicher bald auch bei ihr auftauchen.

„Nein, jetzt nicht. Sie können vom Präsidium aus Ihren Anwalt anrufen. Ihrer Frau werden wir einen Besuch abstatten, bevor sie von ihnen informiert wird." Grassinger begleitete Nowak zum Wagen, während Reischl mit den Kollegen auf dem Revier telefonierte und anwies, man möge auf dem schnellsten Weg Frau Nowak zu einem Verhör ins Präsidium holen.

***

37

Die Beamten trafen bei Frau Nowak ein, als sie gerade für ihren Sohn das Abendessen vorbereitete.

„Wo denken Sie hin, ich kann doch jetzt nicht mit aufs Revier kommen. Wie Sie sehen, muss ich mich um mein Kind kümmern. Ich kann hier erst weg, wenn mein Mann von der Arbeit zurück ist."

Frau Nowak war höchst aufgebracht, dass man sie einer Verhaftung gleich mit aufs Revier nehmen wollte.

„Was werfen Sie mir überhaupt vor?"

Der Beamte, der mit einem weniger ausgeprägten Taktgefühl ausgestattet war, erklärte ihr: „Auf Ihren Mann werden Sie etwas länger warten müssen. Er ist bereits auf dem Revier, man hat ihn vorläufig festgenommen. Und Sie sind verdächtig, an dem Mord an Anton Huber beteiligt gewesen zu sein". Damit ging er weit über seine Kompetenzen hinaus. Als Polizeibeamter hatte er sich in derartigen Fällen zurückzuhalten und jegliche Kommentare zu unterlassen. Aber in dieser Situation konnte er ja ruhig mal etwas rauslassen, meinte er. Schließlich ging es um eine junge Frau, die mit einem Polen verheiratet war, das konnte ja nicht gut gehen. Wieso mussten eigentlich Ausländer den Bayern die Arbeitsplätze wegnehmen - und oft auch noch die Frauen? Hier sah man ja wieder, wie leicht diese Typen straffällig wurden.

Dass ein Polizeibeamter eine derartig fremdenfeindliche Einstellung zeigte, kam glücklicherweise in der Bayrischen Polizei äußerst selten vor.

„Waaas?" Frau Nowak schien ziemlich geschockt. Ihr Mann festgenommen wegen Mordes? Das war ja ungeheuerlich. Aber sie hatte schon von Anfang an das Gefühl, dass die Umstände um den Tod von Toni Huber herauskommen würden.

„Das wird sich sehr schnell als Irrtum herausstellen", sagte sie gegen ihre Überzeugung, nachdem sie sich wieder gefangen hatte. „Aber wie stellen Sie sich das vor, ich kann mein Kind nicht allein lassen?"

„Sie werden doch jemanden haben, der sich um Ihren Sohn kümmert, Nachbarn, Oma oder so."

Die Mutter von Frau Nowak wohnte nicht weit entfernt, in Bruckmühl. Über den Anruf der Tochter war sie sehr überrascht, sie konnte sich wirklich nicht vorstellen, was die Polizei von ihr wollte. Aber natürlich würde sie den Kleinen nehmen.

„Wo wohnt Ihre Mutter? In Bruckmühl? Das liegt an der Strecke, wir fahren dort vorbei und liefern Ihren Sohn ab. Packen Sie ein paar Sachen für ihn zusammen."

Die Mutter von Frau Nowak war ganz aufgelöst und stellte eine Menge Fragen, auf die sie aber keine Antworten bekam. Die Beamten drängten zur Eile und so kamen sie nach einer guten Stunde im Präsidium an, wo Reischl mitten im Verhör von Nowak war, der sich aufs Schweigen verlegt hatte.

Nowak wusste nicht so recht, welchen Anwalt er anrufen sollte, bisher hatte er ja nie einen gebraucht. Beim Hauskauf war er bei einem Notar gewesen, der ihm sehr sympathisch war. Der hatte jedoch, als Nowak ihn anrief und um Hilfe bat, abgelehnt und Nowak darüber informiert, dass es in Bayern nicht möglich ist, Notar und Anwalt zugleich zu sein. Er bedaure.

Deshalb fiel Nowak nur der frühere Präsident des Golfclubs ein. Dr. Edmund Strobel war jedoch unabkömmlich und kündigte an, am nächsten Morgen nach Rosenheim zu kommen und sich der Angelegenheit anzunehmen. Bis dahin sollte Nowak um Gottes Willen keine Aussage machen.

„Was hatten Sie in der Nacht vom 2. auf den 3. April 2009 in der Werkstatt des Clubs zu tun?" Reischl versuchte es immer wieder.

Nowak schwieg.

„Herr Nowak, wir wissen, dass Sie am späten Abend Anton Huber getroffen haben, was ist da passiert?"

Schweigen.

„Waren Sie in dieser Nacht an der Autobahnauffahrt Holzkirchen?"

Es hatte keinen Zweck, es war kein Ton aus dem Verdächtigen herauszubringen.

„Na gut, wenn Sie nicht anders wollen." Und an seinen Assistenten gewandt: „Grassinger, zeigen Sie dem Herrn sein Nachtquartier. Wir machen morgen weiter."

Dann ging Reischl in den Nebenraum, in dem Frau Nowak saß.

„Grüß Gott, Frau Nowak", begann Reischl das Verhör und schaltete wie immer bei diesen Gesprächen das Aufzeichnungsgerät ein. „Sie wissen, warum Sie hier sind?"

„Nein, überhaupt nicht, was werfen Sie mir denn vor?" Sie gab sich völlig unwissend.

„Frau Nowak, Ihr Mann wird dringend verdächtigt, in der Nacht vom 2. auf den 3. April 2009 Anton Huber umgebracht zu haben. Wir haben ausreichende Beweise dafür, so dass leugnen zwecklos ist. Jetzt wollen wir von Ihnen wissen, welche Rolle Sie dabei gespielt haben."

„Mein Mann ein Mörder? Niemals. Ich habe Ihnen doch bestätigt, dass mein Mann den ganzen Abend und in der Nacht zuhause war. Woher wollen Sie überhaupt wissen, dass es ein Mord war? Man hat doch einwandfrei festgestellt, dass sich Toni Huber das Leben genommen hat."

Frau Nowak war sich ziemlich sicher, dass man einen Mord nach so vielen Jahren nur noch schwerlich würde nachweisen können.

„Wir wissen genau, dass Anton Huber nicht mehr bei Bewusstsein war, als er von der Brücke stürzte. Also muss jemand nachgeholfen haben. Wir haben alle Personen überprüft, die vom Tod Hubers in irgendeiner Weise hätten profitieren können. Alle Alibis sind 100prozentig wasserdicht. Nur bei Ihrem Mann sieht das etwas anders aus. Er hat Anton Huber in dieser Nacht getroffen, dafür gibt es Zeugen. Und Sie geben ihm ein Alibi, das vorne und hinten wackelt. Was sagen Sie dazu?"

Nach einer langen Pause: „Herr Hauptkommissar, was soll ich dazu sagen? Es ist so, wie ich es ausgesagt habe."

„Frau Nowak, ich glaube, der Ernst der Lage ist Ihnen nicht bewusst. Sie stehen im Verdacht, Ihrem Mann geholfen zu haben. Mindestens decken Sie seine Tat. Wenn Sie vor Gericht bei Ihrer Version bleiben und vereidigt werden, was wahrscheinlich ist, drohen Ihnen mehrere Jahre Haft wegen Meineids und Beihilfe zum Mord. Denken Sie doch an Ihren Sohn. Soll der ohne seine Mutter aufwachsen?"

Sie brach in Tränen aus. „Aber Stanislaw hat doch nichts getan!" brachte sie mit lautem Schluchzen hervor.

„Wenn Sie jetzt die Wahrheit sagen, wird das sicher vor Gericht entsprechend gewürdigt. Ich werde mich dafür einsetzen, dass Sie mit einer milden Strafe davonkommen." Reischl wollte unbedingt von ihr mehr erfahren und fühlte, dass sie kurz davor war, auszupacken.

Deshalb versuchte er es mit einem Trick, bei dem er sich allerdings nicht wirklich wohl fühlte.

„Wenn Sie jetzt weiter schweigen, tun Sie sich und Ihrem Mann keinen Gefallen. Wir haben vorher Ihren Mann verhört, der hat unter dem Druck der Beweise gestanden."

Das stimmte zwar nicht, aber es war wirksam.

Frau Nowak schluchzte erneut auf, schnäuzte sich die Nase, und sagte nach einer langen Pause: „Ja, ich habe gelogen. Ich wollte meinen Mann schützen und habe deshalb behauptet, dass er daheim war."

Reischl war sehr zufrieden, der erste Damm war gebrochen. Jetzt würde man der Wahrheit näher kommen.

„Und was hat Ihr Mann gemacht, wo war er?" Reischl wollte jetzt alle Details erfahren.

„So gegen 22:00 Uhr fiel ihm ein, dass er vergessen hatte zu überprüfen, ob alle E-Carts ordnungsgemäß angeschlossen waren. Da für den nächsten Tag eine größere Gruppe angemeldet war, für die mehrere Carts reserviert waren, wollte er das unbedingt kontrollieren."

„Und, weiter?" Reischl war ganz ungeduldig, er spürte, dass er auf der richtigen Fährte war.

„Ich wunderte mich, dass er so lange weg blieb. Eigentlich hätte er nach einer guten halben Stunde wieder zurück sein müssen. Doch es dauerte deutlich länger. Irgendwann rief er mich an. Ich sollte sofort zur Autobahnraststätte Holzkirchen fahren und dort auf ihn warten. Er sagte noch: Frag nicht warum, ich erkläre dir alles später. Dann legte er auf."

„Was haben Sie dann getan?"

„Ich war zunächst völlig überrascht und hatte keine Ahnung, was diese Fahrt zur Raststätte für einen Sinn machen sollte. Zunächst schaute ich nach unserem Sohn, der fest schlief, und fuhr dann wie von meinem Mann gewünscht zur Raststätte."

„Erinnern Sie sich noch, wann das ungefähr war?"

„Genau weiß ich es nicht mehr, aber es dürfte so gegen 1:00 Uhr in der Nacht gewesen sein, als ich bei der Raststätte ankam. Nach wenigen Minuten stieg mein Mann in mein Auto ein und drängte mich, schnell zum Golfclub zu fahren, wo er sein Auto abholen wollte."

Wieder schluchzte sie, ihre Wimpertusche war ausgelaufen, sie gab ein erbärmliches Bild ab.

Aber Reischl ließ nicht locker. „Hat er Ihnen erklärt, was die ganze Aktion sollte?"

„Nein, auf der Fahrt habe ich ihn mehrmals gefragt. Er hat immer gesagt, später, warte bis wir daheim sind."

„Und dann?"

„Als wir wieder zurück waren, erzählte er mir diese unglaubliche Geschichte: Man hätte ihm das Angebot gemacht, ein Haus für uns zu finanzieren und sein Gehalt deutlich zu erhöhen, wenn er behilflich wäre, Anton Huber zu beseitigen. Es sollte wie ein Selbstmord aussehen und man wisse auch schon, wie das zu machen sei. Ich konnte das nicht glauben, schrie ihn an und hoffte, er würde die Unwahrheit sagen."

Sie war am Boden zerstört, vor ihrem Auge liefen die Geschehnisse dieser fürchterlichen Nacht noch einmal ab, so, als wäre es heute. Aus ihren verheulten Augen kamen keine Tränen mehr. Sie war verzweifelt.

„Wann war Ihnen bewusst, dass es ein Mord war?"

„Mein Mann versuchte, mir einzureden, es sei ein Selbstmord gewesen. Wenn ich das auch glaubte und anderen gegenüber keinerlei Zweifel äußern würde, käme niemand auf die Idee, dass es anders gewesen sein könnte. Aber ich hatte sofort das Gefühl, dass wir da in eine fürchterliche Geschichte verwickelt waren." Frau Nowak war jetzt erstaunlich gefasst, offensichtlich hatte sie die jetzige Situation schon irgendwann erwartet und war sich der möglichen Konsequenzen in gewisser Weise bewusst.

„Was hat Ihr Mann Ihnen denn noch über die Vorkommnisse in dieser Nacht erzählt?" Da sie jetzt sehr mitteilsam war, wollte Reischl die Gelegenheit nutzen und möglichst alles von ihr erfahren.

„Er hat mir nur erzählt, dass man schon länger geplant hatte, Anton Huber zu beseitigen. Man musste wohl nur auf eine günstige Gelegenheit warten. Und die ergab sich, als an diesem Abend Toni plötzlich in der Werkstatt auftauchte."

„Wer ist mit ‚man' gemeint?" Reischl ahnte es zwar, aber er wollte es genau wissen.

„Ich kann mich nur erinnern, dass Stanislaw eines Tages nach Hause kam und freudestrahlend berichtete, wir könnten bald das leer stehende Haus kaufen und dann mit der Renovierung beginnen. Er hatte mit Alois Angerbauer, dem Berater Tonis, ein Gespräch geführt, bei dem er auch einen gemeinsamen Freund von Toni und Angerbauer kennen gelernt hatte, nämlich Ignaz Weidinger, den jetzigen Geschäftsführer."

Frau Nowak war jetzt sehr gesprächig und wollte helfen, den Fall aufzuklären. Sie hatte ja keine Ahnung davon, dass sie Dinge ausplauderte, die der Polizei noch nicht bekannt waren. Schließlich musste sie davon ausgehen, dass ihr Mann das alles bereits zugegeben hatte.

Hauptkommissar Reischl war sehr erstaunt darüber, dass dieser alte Bauerntrick doch immer wieder funktionierte. Er machte weiter:

„Wann hat dieses Gespräch stattgefunden und was hat Angerbauer Ihrem Mann versprochen?"

„Das Gespräch hat mehrere Wochen vor Tonis Tod stattgefunden. Mein Mann berichtete, er würde in absehbarer Zeit 100.000 Euro erhalten, zusätzlich würde sein Gehalt kräftig anhoben werden."

Reischl war damit natürlich nicht zufrieden und fragte weiter.

„Hat er erzählt, welche Gegenleistungen er dafür erbringen sollte? Soviel Geld bekommt man ja nicht geschenkt."

„Nein, nach dem Gespräch mit Angerbauer und Weidinger wusste er nur so viel, dass er sich an einer Aktion beteiligen sollte, die etwas außerhalb der Legalität stattfinden würde. Die Sache sei aber absolut sicher, würde nie herauskommen, aber viel Geld einbringen. Und es würde auch noch einige Zeit dauern, bis es soweit wäre. Von einem geplanten Mord an Toni Huber war da nicht die Rede."

„Das heißt, Ihr Mann hat sich auf etwas eingelassen, dessen Tragweite ihm nicht bekannt war. Wann hat er erfahren, dass es ein Mord werden sollte?"

Frau Nowak bemerkte, dass es jetzt heikel wurde, sie musste um jeden Preis vermeiden, dass ihr Mann als alleiniger Täter dastand. „Ich glaube, das war erst kurz vorher. Zu diesem Zeitpunkt hatten wir bereits einen Vorvertrag für das Haus unterschrieben. Mein Mann sah offensichtlich keine Chance, einen Rückzieher zu machen."

„Unsinn", kam es ziemlich heftig von Reischl zurück, „bei einem Mord kann man immer einen Rückzieher machen."

Inzwischen war ihr klar geworden, dass sie wohl um den Vorwurf der Mitwisserschaft nicht mehr herumkommen konnte. Reischl bestätigte das.

„Frau Nowak, wenn es dumm läuft, haben Sie sich der Mittäterschaft schuldig gemacht. Also sagen Sie uns genau, ab wann Sie wussten, dass ein Mord geplant wurde."

„Herr Hauptkommissar, ich hatte keine Ahnung. Erst als ich den Anruf erhielt und meinen Mann von der Raststätte abholen sollte, ahnte ich, dass er sich auf eine schlimme Sache eingelassen hatte. Hätte ich das gewusst, hätte ich alles unternommen um das zu verhindern."

„Das glaube ich Ihnen sogar, aber es ist nun leider nicht mehr rückgängig zu machen. Anton Huber ist tot und Ihr Mann steckt ganz tief in dieser Sache drin."

„Was passiert denn nun mit ihm". Frau Nowak machte sich große Sorgen um ihren Mann.

„Der bleibt zunächst in Untersuchungshaft. Und Sie übrigens auch. Erst wenn wir Beweise dafür haben, dass Sie nicht an dem Mord beteiligt waren, können wir Sie entlassen."

„Und mein Sohn?" Sie schluchzte wieder. Während des Gesprächs hatte sie sich einigermaßen gefangen, jetzt, bei dem Gedanken an ihr Kind, schossen die Tränen wieder heraus. Aber noch hoffte sie, aus der Sache herauszukommen. Bei ihrem Mann sah das sicher anders aus. Warum nur hatte er vorzeitig gestanden? Es war doch gar nicht sicher, dass man ihm den Mord würde nachweisen können.

***

38

Am nächsten Vormittag erschien Dr. Edmund Strobel im Polizeirevier und gab sich als Anwalt des in Untersuchungshaft befindlichen Stanislaw Nowak aus. Er wurde von der Sekretärin um Vorlage einer Vollmacht gebeten, was ihm nicht möglich war.

„Eine Vollmacht erhalten Sie, wenn Sie mir die Möglichkeit einräumen, mit meinem Mandanten zu sprechen. Er wird die Vollmacht sofort unterschreiben. Im Übrigen möchte ich zunächst mit meinem Mandanten unter vier Augen sprechen."

Dr. Strobel hatte keine klare Vorstellung, was gegen Nowak vorliegen könnte. Gab es vielleicht einen Zusammenhang mit dem Tod von Anton Huber? Aber was sollte ausgerechnet Stanislaw Nowak damit zu tun haben?

Die Sekretärin führte ihn in einen Verhörraum und bat ihn zu warten. Man würde Herrn Nowak umgehend holen lassen.

Sie informierte ihren Chef, den Hauptkommissar Reischl, der sofort entsprechende Anweisung gab.

„Na, da bin ich ja mal gespannt", kommentierte Reischl den Vorgang.

Stanislaw Nowak war erfreut, Dr. Strobel zu treffen, stützten sich doch seine ganzen Hoffnungen auf diesen Anwalt, den er aus dem Golfclub gut kannte. Dr. Strobel hingegen war über dieses Wiedersehen nicht besonders erfreut. Ein Prozess, bei dem der von ihm bei der Gründung unterstützte Club im Mittelpunkt stehen würde, noch dazu wo er zu dem relevanten Zeitpunkt Präsident des Clubs war, passte ihm überhaupt nicht. Wie leicht konnte das zu einem Imageschaden führen, der möglicherweise seine Chancen bei der Kandidatur für das Präsidentenamt im Bayerischen Golfverband negativ beeinflussen würde. Andererseits barg die Ablehnung dieses Mandats ebenfalls unkalkulierbare Risiken. Niemand würde wohl verstehen, wenn er einen Mitarbeiter der Golfanlage einfach hängen ließe. Also hatte er sich schweren Herzens entschlossen, Nowak zu verteidigen.

„Danke, Dr. Strobel, dass Sie mir helfen wollen", sagte Nowak nach einer kurzen Begrüßung.

„Stanislaw, was ist passiert, bitte die ganze Wahrheit."

Nowak schilderte nun lückenlos, was er lange vorher im Zusammenhang mit dem Mord erlebt hatte. Er ging auf die Gespräche mit Angerbauer und Weidinger ein, berichtete von dem Zusammentreffen mit Toni Huber in der Werkstatt und ließ auch Details über das Ende von Toni Huber nicht aus. Sein Bericht machte deutlich, dass seine Frau lange nicht wusste, um was es wirklich ging, aber durchaus erahnen konnte, dass ein Verbrechen geplant worden war.

Dr. Strobel hatte die ganze Zeit zugehört, ohne Nowak zu unterbrechen.

„Sind Sie wahnsinnig?" war seine erste Reaktion. „Für 100.000 Euro einen Mord zu begehen? Da kann Sie niemand rausholen. Für Mord aus Habgier bekommen Sie lebenslänglich. Ist Ihnen das klar?" Dr. Strobel war aufgebracht.

„Aber Mord war ja nicht geplant, es sollte doch wie ein Selbstmord aussehen. Das hat ja auch sechs Jahre lang funktioniert." Nowak machte einen ziemlich naiven Eindruck auf Dr. Strobel.

„Stanislaw, auch wenn es aussieht wie Selbstmord, es bleibt Mord!"

Ein Beamter öffnete die Tür und gab den Hinweis, dass es jetzt Zeit wäre für das Gespräch mit Hauptkommissar Reischl.

Der Hauptkommissar staunte nicht schlecht, als er den anfangs ebenfalls Verdächtigen nun als Verteidiger Nowaks wiedersah. Das ließ er sich bei der Begrüßung allerdings nicht anmerken. Anders Grassinger, der zusammen mit Reischl den Raum betreten hatte und beim Anblick Dr. Strobels hörbar tief einatmete und die Augenbrauen nach oben zog. Er witterte hier Machenschaften hinter den Kulissen, hatte aber nicht den Mut, eine Bemerkung zu machen. Auf einen Rüffel von seinem Chef in Anwesenheit Fremder konnte er gut verzichten.

Nachdem sie alle Platz genommen hatten, begann Reischl:

„Herr Nowak, ich hoffe, Sie haben die Nacht genutzt und darüber nachgedacht, dass Ihnen weiteres Schweigen nur Nachteile bringen würde. Ich gehe auch davon aus, dass Dr. Strobel Sie darüber aufgeklärt hat, dass ein lückenloses Geständnis ihre Position vor dem Richter deutlich verbessern könnte. Blieben Sie jedoch bei der Aussageverweigerung, würden alle Beweise, und es gibt sie reichlich, gegen Sie verwendet werden und unweigerlich zur Höchststrafe führen. Dr. Strobel wird Ihnen bestätigen, was ich Ihnen gesagt habe." Er schaute Dr. Strobel an, der nickte und für Nowak antwortete: „Mein Mandant wird aussagen."

Offensichtlich hatte Nowak das vorhergegangene lange Gespräch mit Dr. Strobel zur Einsicht gebracht.

„Ich bin benutzt worden", sagte Nowak plötzlich, rückte auf seinen Stuhl nach vorne und erklärte: „Ich war lediglich das Werkzeug anderer, die von Tonis Tod profitieren und die Hinterbliebenen betrügen wollten. Wenn Sie den Mord aufklären wollen, sollten Sie die Herren Angerbauer und Weidinger befragen."

Reischl staunte nicht schlecht. „Aber wir haben beide Herren überprüft, ihre Alibis wurden bestätigt, sie können es nicht gewesen sein."

Jetzt schilderte Nowak dem Hauptkommissar, was sich alles zugetragen hatte. Vom Gespräch mit Angerbauer und Weidinger, in dem ihm das großzügige finanzielle Angebot gemacht wurde, bis hin zum zufälligen Treffen mit Toni Huber in der Werkstatt.

„Angerbauer hatte mir damals eine Flasche mit Tropfen gegeben, die ich bei günstiger Gelegenheit Toni ins Getränk geben sollte. Er wäre dann innerhalb von 10-20 Minuten ohne Bewusstsein. Das Ganze sollte möglichst nach Einbruch der Dunkelheit passieren. Dann sollte ich Toni von der Brücke an der Autobahnauffahrt stürzen, so dass es wie ein Selbstmord aussehen würde."

Reischl ließ das auf sich wirken und wartete, dass es mit dem Geständnis weiterging.

„Als Toni an dem bewussten Abend in der Werkstatt des Clubs erschien und bestens gelaunt war, habe ich ihm den Vorschlag gemacht, noch gemeinsam ein Bier zu trinken.

Er stimmte zu und lobte im Verlauf des Gesprächs die ganze Mannschaft der Greenkeeper wegen der guten Arbeit. Der Platz sei zu diesem frühen Zeitpunkt in der Saison schon in sehr gutem Zustand.

Als er auf die Toilette ging, habe ich ihm die Tropfen ins Bier getan. Nach ungefähr 10 Minuten konnte er keine vollen Sätze mehr sagen und nach weiteren 5 Minuten sackte er auf seinem Stuhl zusammen und war ohnmächtig. Dann habe ich ihm seine Autoschlüssel aus der Hosentasche genommen und ihn in seinen A6 gebracht, der direkt vor der Tür stand. Auf der Fahrt zur Autobahnauffahrt Holzkirchen habe ich meine Frau angerufen, sie sollte mich vom Parkplatz der Raststätte abholen. Den Rest kennen Sie ja schon."

Schweigen erfüllte den Raum, nachdem Stanislaw Nowak dieses erschütternde Geständnis abgegeben hatte.

Reischl reagierte als erster auf diese Enthüllungen. „Herr Nowak, Sie haben Anton Huber von der Brücke gestürzt, hat er da noch gelebt?"

„Das weiß ich nicht, er zeigte jedenfalls keine Regung."

Nowak musste sich eingestehen, dass er in dem Moment gar nicht so recht darauf geachtet hatte, ob Toni noch lebte. Er war viel zu aufgeregt und wollte so schnell wie möglich verschwinden. Er war sofort, nachdem er Toni über das Geländer geschubst hatte, wieder in den Wagen von Toni gesprungen und mit Vollgas zur Raststätte gefahren, wo er den Wagen abstellte. Seine Frau wartete bereits auf ihn, er stieg bei ihr ein und ließ sich zum Golfplatz fahren, um seinen eigenen Wagen abzuholen.

Reischl hatte weitere Fragen:

„Herr Nowak, welche Rolle Ihre Frau gespielt hat, wissen wir ja bereits. Aber es sind noch einige andere Fragen zu klären. Wer hat Ihnen die Tropfen gegeben, wer hat sie beschafft? Haben Sie die Flasche, bzw. die Verpackung noch?"

„Natürlich nicht, die Verpackung habe ich sofort in den Müll geschmissen, ich weiß auch nicht mehr, wie das Zeug hieß. Bekommen habe ich die Tropfen bei dem Gespräch mit Angerbauer und Weidinger. Die Packung stand auf dem Tisch. Wer sie beschafft hatte, weiß ich nicht. Angerbauer hat mir erklärt, wie ich damit umgehen sollte."

Reischl überlegte, ob vielleicht Franz-Peter Bergmann, der ja beste Kontakte zur Chemischen Industrie hatte, daran beteiligt sein könnte. Aber er wollte sich zunächst auf Angerbauer und Weidinger konzentrieren.

Reischl fragte weiter: „Haben Sie eine Vorstellung davon, was Angerbauer und Weidinger mit dem Mord bezweckten?"

„Nein, mir gegenüber haben Sie nur darüber gesprochen, welche Vorteile sich für mich ergeben würden. Und Sie versicherten mir, dass alles absolut sicher wäre."

„War Ihnen nicht klar, dass Sie hier einen Mord – quasi als Auftragskiller – verüben sollten?"

„Später schon, aber da konnte ich nicht mehr zurück, ich wollte meine Frau doch nicht enttäuschen." Nowak wirkte jetzt wie ein Häufchen Elend.

„Na, das ist Ihnen ja prächtig gelungen." Reischl konnte sich einen gewissen Zynismus nicht verkneifen.

„Herr Nowak, meine Sekretärin wird sofort das Protokoll dieser Vernehmung anfertigen. Wenn Sie dann unterschrieben haben, gehen Sie in Untersuchungshaft. Morgen werden Sie dem Haftrichter vorgeführt."

Dr. Strobel hatte der Vernehmung ohne irgendeine Bemerkung zugehört. Jetzt nickte er Nowak zu, der sicher nicht den Eindruck haben konnte, in seinem Anwalt eine eindrucksvolle Unterstützung gewonnen zu haben.

Bereits auf dem Weg vom Verhörzimmer zu seinem Büro wies Hauptkommissar Reischl seinen Assistenten an: „Grassinger, lassen Sie Angerbauer und Weidinger verhaften, ich will beide morgen früh auf dem Präsidium haben."

„Ja, aber Weidinger wohnt doch in Passau!" war der Einwand von Grassinger.

Er lernt es nie, dachte Reischl und antwortete: „Grassinger, haben Sie schon einmal etwas von Amtshilfe gehört? Die Kollegen in Passau werden schon wissen, was zu tun ist. In beiden Fällen, bei Angerbauer und Weidinger besteht der dringende Verdacht auf Anstiftung zum Mord. Und Fluchtgefahr kann ich auch nicht ausschließen. Wenn irgendwie durchsickert, dass wir Nowak verhaftet haben, sind die beiden ganz schnell verschwunden. Ach, und noch etwas: Beantragen Sie in beiden Fällen Durchsuchungsbefehle, ich möchte die Rechner der Herren haben und bei Angerbauer lassen Sie den Banktresor öffnen."

Das war für Grassinger eine ganze Menge auf einmal, aber er würde das hinbekommen, glaubte er jedenfalls.

***

39

Ignaz Weidinger war gerade im Begriff zu Bett zu gehen, - er hatte bereits einen Schlafanzug angezogen - als es an der Tür klingelte. „Nanu", sagte er zu seiner Frau, die bereits im Bett lag, „wer will so spät am Abend noch etwas von uns?" Es war inzwischen nach 23:00 Uhr.

Er staunte nicht schlecht, als er zwei uniformierte Polizisten vor der Tür erblickte, die ihm erklärten, er sei verhaftet und möge ihnen auf die Wache folgen. Selbstverständlich könne er sich noch ankleiden und ein paar Sachen zusammenpacken.

„Das muss ein Irrtum sein, was wirft man mir vor?" Weidinger hatte wirklich keine Idee. Die Sache mit Toni konnte es ja wohl nicht sein. Er fühlte sich absolut sicher, man hatte schließlich sein Alibi überprüft und bestätigt gefunden.

„Ignaz, was ist los?", die kreischende Stimme seiner Frau war im ganzen Haus zu hören.

Ignaz Weidinger ging in Begleitung eines Beamten ins Schlafzimmer und erklärte ihr, dass er wohl oder übel die Nacht auf der Polizeiwache verbringen müsse. Jetzt könne er kaum noch etwas gegen die unverschämte, ungerechtfertigte Verhaftung unternehmen. Bevor er mit den Beamten das Haus verließ, flüsterte er seiner Frau noch zu: „Ruf Alois an, vielleicht weiß der, was das zu bedeuten hat!

Den beiden Beamten hatte der späte Auftrag, Weidinger festzunehmen, große Freude bereitet. Weidinger war schließlich in Passau kein Unbekannter. Seine Parteimitgliedschaft in der SPD und sein immer wieder eine Spur zu schneidiges Auftreten hatten auf den Grad seiner Beliebtheit in Polizeikreisen sehr negativen Einfluss. Wie konnte man auch in Passau für die SPD eintreten? Besonders unbeliebt hatte er sich vor nicht allzu langer Zeit gemacht, als er öffentlich gegen die Vorratsdatenspeicherung eingetreten war, die doch aus der Sicht der CSU ein unverzichtbares Instrument erfolgreicher Verbrechensbekämpfung darstellte. Wenn man gleichzeitig, wie von Ignaz Weidinger mehrfach gehört, die mangelnde Aufklärungsquote anprangerte, konnte man nicht erwarten, dass Polizisten besondere Sympathien für ihn aufbrachten.

Und genau diesen Fiesling sollten sie im Rahmen eines Amtshilfeersuchens der Rosenheimer Kripo festnehmen. Sehr gerne! Als besonderes Schmankerl durften sie auch den Laptop von Weidinger beschlagnahmen. Wenn das kein Beispiel für Datensicherung war!

Der Anruf von Frau Weidinger bei Alois Angerbauer war vergeblich. Alois Angerbauer war nämlich ebenfalls an diesem Abend festgenommen worden. Frau Angerbauer war immer noch völlig aufgelöst, konnte natürlich nicht schlafen und war deshalb auch sofort am Telefon, als es kurz vor Mitternacht klingelte. Sie hatte mit einer Nachricht von der Polizei gerechnet und angenommen, die

Verhaftung ihres Mannes hätte sich schnell als Irrtum herausgestellt. Dem war aber nicht so.

Die Herren von der Polizei hatten bei der Festnahme ihres Mannes einen Durchsuchungsbefehl präsentiert, sich aber zunächst mit der Beschlagnahme des Laptops begnügt. Und - was Frau Angerbauer besonders wunderte - die Herausgabe des Schlüssels für das Bankschließfach bei der Deutschen Bank verlangt. Von einem solchen Schließfach war ihr nichts bekannt. Ihr Mann jedoch ging ohne zu zögern zu seinem Schreibtisch, holte aus einer der unteren, immer verschlossenen Schubladen einen Schlüssel hervor und händigte diesen den Beamten aus.

„Herr Angerbauer, Sie erhalten dafür eine Quittung, sobald wir im Präsidium sind."

Der Beamte schaute Frau Angerbauer an, entschuldigte sich für die späte Störung, und verschwand mit seinem Kollegen nebst Angerbauer, Laptop und Safeschlüssel in der Dunkelheit.

Die Stimmung im Haus Angerbauer in Rosenheim glich der im Haus Weidinger in Passau in auffälliger Weise.

Leider war eine gegenseitige rechtzeitige Information über die nächtlichen Vorgänge nicht möglich gewesen, weil die Polizei die beiden Verhaftungen für denselben Zeitpunkt geplant hatte, was für die Betroffenen außerordentlich bedauerlich war.

Die beiden Herren hatten von der Festnahme des jeweils anderen keine Ahnung und konnten auch keinen Grund für ein derartiges Vorgehen der Polizei erkennen. Sie waren beide davon überzeugt, dass Nowak schweigen würde, wenn er nicht selbst ins Unheil rennen wollte. Nachdem ihre Alibis zweifelsfrei bestätigt worden waren, fühlten sie sich relativ sicher. Was sollte schon passieren?

***

40

Hauptkommissar Maximilian Reischl ließ sich an diesem Tag ungewöhnlich viel Zeit, bis er sich entschloss, die beiden in der Nacht festgenommenen Verdächtigen zu verhören. Das hatte zwei Gründe: Erstens musste er akzeptieren, dass Ignaz Weidinger nicht noch in der Nacht, sondern erst am frühen Morgen von den Kollegen aus Passau nach Rosenheim überstellt wurde. Zweitens hatte er die Hoffnung, schnell Erkenntnisse von der Überprüfung der Laptops zu erhalten. Zu diesem Zweck hatte er die Experten gebeten, zunächst den E-Mail-Verkehr der beiden Herren im Zeitraum Januar bis April 2009 zu überprüfen. Davon versprach sich Reischl eine ganze Menge, wenngleich er sich auch des Risikos bewusst war, dass nach sechs Jahren die Rechner inzwischen ersetzt worden waren. Dann blieb aber immer noch die Hoffnung, dass man trotzdem auf die Daten würde zurückgreifen können.

Das Verhör von Ignaz Weidinger war kurz. Er trat wie immer selbstbewusst auf, beschimpfte den Hauptkommissar wegen der nächtlichen Verhaftung und unterstellte den Beamten, die ihn verhaftet hatten, mangelnde Kinderstube. Und überhaupt, er regte sich insgesamt über das Benehmen der Beamten auf und stellte zum Schluss fest, dieses ganze Theater werde auch noch mit Steuergeldern finanziert.

Auf das Angebot, seinen Anwalt hinzuzuziehen, sagte er: „So ein Quatsch, ich brauche keinen Anwalt, ich bin unschuldig."

Reischl konterte: „Wir haben Zeugenaussagen, die etwas anderes bestätigen. Sie werden beschuldigt, an der Anstiftung zum Mord an Anton Huber beteiligt gewesen zu sein. Und vielleicht können Sie uns in diesem Zusammenhang endlich erklären, woher die 350.000 Euro stammen, die Sie auf Ihr Konto eingezahlt haben? Und wie gesagt, wir haben Beweise, die Sie sicher für lange Zeit hinter Gitter bringen werden."

Weidinger schwieg. Er glaubte an einen Bluff.

Reischl wurde ein Zettel hereingereicht, dem er entnahm, dass die Überprüfung von Weidingers Rechner keine verwertbaren Ergebnisse gebracht hatte.

So ein Mist, dachte Reischl und zu Weidinger gerichtet sagte er: „Wie Sie meinen, Herr Weidinger, Sie bleiben zunächst bei uns, bis der Haftrichter entschieden hat."

Ganz anders verlief das Verhör von Alois Angerbauer. Allerdings hatte Reischl inzwischen auch Informationen erhalten, von denen er annahm, dass er Angerbauer würde bald überführen und zu einem Geständnis bringen könnte.

„Herr Angerbauer", begann Reischl siegessicher, „Sie und Ihr Freund Weidinger haben in der Causa Anton Huber ja eindrucksvolle Alibis vorgelegt, die zweifelsfrei bestätigt wurden. Ein wasserdichtes Alibi beweist nun aber noch nicht Ihre Unschuld. Wissen Sie, dass für Anstiftung zum Mord die gleiche Strafe droht, wie für Mord selbst?"

Angerbauer schaute Reischl merklich irritiert an und fragte: „Was soll das denn? Wen soll ich denn zum Mord angestiftet haben? Und warum? Das sind ja abenteuerliche Behauptungen."

„Für die wir Beweise haben", fügte Reischl hinzu. „Wann haben Sie eigentlich erfahren, dass Anton Huber eine Lebensversicherung über 1,5 Mio. Euro abgeschlossen und seinen Sohn Florian als begünstigt bestimmt hat?"

„Keine Ahnung, aber was tut das zur Sache?"

„Das werden Sie schon noch merken, bzw. das wissen Sie sicher besser als ich. Aber fangen wir von vorne an: Sie haben mit Ihrem Freund, vielleicht sollte ich besser sagen, mit Ihrem Komplizen, den Mord an Anton Huber geplant, weil Sie die Absicht hatten, sich an der Lebensversicherung zu bereichern. Dabei war sehr hilfreich, dass Sie das Testament Hubers genau kannten. Sie waren nicht nur als Testamentsvollstrecker bestimmt, Sie wussten auch, dass Florian Huber erst mit Vollendung seines 27. Lebensjahrs die Verantwortung für Landwirtschaft und Golfanlage übernehmen sollte. Also genug Zeit, die Golfbetreibergesellschaft finanziell zur Ader zu lassen und über diesen Weg an die Lebensversicherung heranzukommen. Der einfältige Florin Huber hat immer nachgeschossen, und Sie brauchten nur jemanden, der für Sie den Mord begehen würde. Die Herren waren sich natürlich zu fein, sich selbst die Finger schmutzig zu machen." Reischl hatte sich in Rage geredet.

„Sie fantasieren, Herr Hauptkommissar, geht es Ihnen nicht gut?" Angerbauer fühlte sich noch immer sehr sicher und glaubte, er könne Reischl verhöhnen. „Sie können nichts beweisen, also lassen Sie diese Märchen!"

„Sie werden sich noch wundern, was ich alles beweisen kann. Unstrittig ist zum Beispiel, dass wir 350.000 Euro in bar in Ihrem Schließfach gefunden haben. Das Geld haben wir zunächst beschlagnahmt, weil wir davon ausgehen, dass es illegal beschafft wurde. Oder können Sie uns die legale Herkunft belegen?" Der Blick Reischls nahm etwas Triumphierendes an sich.

„Das muss ich nicht, die Beschlagnahme ist nicht rechtens, ich werde Beschwerde einlegen." Angerbauer war sich des Ernstes der Lage offensichtlich noch immer nicht bewusst.

„Da Sie uns ja nicht sagen wollen, woher das Geld stammt, will ich es Ihnen sagen. Sie haben zusammen mit Weidinger in den letzten Jahren über 850.000 Euro aus der Golfbetreibergesellschaft abgezweigt und in die Schweiz überwiesen. Ihr Strohmann hat das Geld durch Barabhebungen in der Schweiz wieder zurückgeholt. Rechnen Sie mal zusammen: 350.000 Euro in Ihrem Schließfach, 350.000 Euro auf dem Konto von Weidinger und 100.000 Euro auf dem Konto von Stanislaw Nowak. Wo die Differenz verblieben ist, spielt keine Rolle. Teilweise wohl noch auf dem Konto in der Schweiz und sicher sind auch einige Spesen angefallen. Aber das ist jetzt unerheblich. Uns interessiert in erster Linie der Mord. Für die anderen Gesetzesverstöße, die sich hier vermuten lassen, werden unsere Kollegen von der Steuerfahndung und vom Betrugsdezernat auf Sie zukommen. Da scheint ja noch allerhand zusammenzukommen."

Alois Angerbauer war blass geworden, versuchte dennoch zu kontern: „Die Finanzen der Golfanlage sind in Ordnung, es gibt für alle Zahlungen ordnungsgemäße Belege. Und den Mord lasse ich mir nicht anhängen."

„Müssen Sie auch nicht, wir werden Ihnen alles beweisen. Sagt Ihnen die Internetadresse ‚alles-rezeptfrei.net' etwas?" Jetzt wurde Reischl deutlicher.

„Nein, was soll das sein?" Angerbauer konnte sich offensichtlich wirklich nicht erinnern.

„Ich will Ihnen gerne helfen. Bei dieser Adresse haben Sie am 4. März 2009 GHB bestellt. GHB ist die Abkürzung für Gamma-Hydroxybuttersäure, auch bekannt als ‚Liquid Ecstasy'. Im Volksmund nennt man diese Substanz ‚KO-Tropfen'. Erzählen Sie mal, was Sie damit gemacht haben."

„Ich kann mich überhaupt nicht daran erinnern." Angerbauer merkte so langsam, dass es eng für ihn wurde.

„Dann will ich Ihnen auch hier auf die Sprünge helfen. Auch wenn dieser Internetshop für den Versand von allerlei dubiosen Medikamenten verspricht, alle Daten zu vernichten, so dass die Auftraggeber anonym bleiben, konnten wir auf Ihrem Laptop Ihre Bestellung eindeutig nachvollziehen. Sie haben gemeinsam mit Ignaz Weidinger Stanislaw Nowak zum Mord angestiftet und ihm auch gesagt, wie er es machen sollte. Bei Ihrem gemeinsamen Gespräch im März 2009 haben Sie ihm die Tropfen übergeben."

Reischl war davon überzeugt, dass Angerbauer angesichts dieser konkreten Beweise einknicken würde. Doch da hatte er sich getäuscht.

„Das ist doch Unfug. Ich habe Nowak niemals KO-Tropfen übergeben, damit er Anton Huber umbringt."

„Herr Angerbauer, Beweise und Zeugen sprechen eine andere Sprache. Nachdem Stanislaw Nowak Anton Huber beseitigt hatte, und man allgemein von einem Selbstmord ausging, haben Sie zusammen mit Ignaz Weidinger Ihr perfides Spiel fortgesetzt. Sie haben vom Konto der Betreibergesellschaft regelmäßig Geld in die Schweiz überwiesen. Zu diesem Zweck haben Sie durch einen Strohmann dort eine Firma gründen lassen, die nichts anderes zum Ziel hatte, als die unterschlagenen Gelder zu parken. Den Erben Florian Huber haben Sie betrogen und um einen Teil der Lebensversicherung gebracht, die ihm nach dem Tod seines Vaters zugeflossen war. Das alles wird die Staatsanwaltschaft vor Gericht beweisen. Sie sollten sich gut überlegen, ob es nicht sinnvoll wäre, ein umfassendes Geständnis abzulegen. Erfahrungsgemäß lässt sich das Gericht dadurch positiv beeinflussen."

„Ich sage jetzt gar nichts mehr!" Angerbauer war bei den Einlassungen Reischls sichtlich in sich zusammen gesunken.

„Gut, dann fasse ich zusammen: Der Verdächtige ist nicht geständig und auch zu keiner weiteren Aussage bereit. Er wird morgen dem Haftrichter vorgeführt."

Da Angerbauer sich auch weigerte, das Vernehmungsprotokoll zu unterschreiben, durfte er eine weitere Nacht im Polizeipräsidium übernachten.

***

41

Hauptkommissar Maximilian Reischl saß am nächsten Morgen in großer Zufriedenheit an seinem Schreibtisch. Die drückenden Beweise würden auch Angerbauer und Weidinger in kürzester Zeit veranlassen, mit der Wahrheit herauszurücken und umfassende Geständnisse abzulegen. Da war er sich sicher.

Aus seiner Sicht jedenfalls war der Fall aufgeklärt. Sein Assistent Ludwig Grassinger hatte zwar noch einige Schwierigkeiten, alles zu begreifen, aber sein heute über alle Maßen gut gelaunter Chef fasste für ihn noch einmal zusammen.

„Grassinger, glauben Sie immer noch, dass Luigi di Manta und sein ‚Terrier' Carlo Dolcini etwas mit der Sache zu tun haben?" Die Antwort gab Reischl selbst: „Ich gebe zu, zu Anfang waren sie höchst verdächtig. Ich will auch nicht behaupten, dass die beiden als Ehrenmänner zu bezeichnen sind, aber mit dem Mord haben sie nichts zu tun."

Er stand auf, ging an die Magnet-Tafel, an der immer noch das von ihm zu Beginn der Ermittlungsarbeit skizzierte Diagramm zu sehen war, und zeigte auf das Zentrum, in dem die Familie Huber vermerkt war.

„Hier im Umfeld der Familie war der Ursprung dieses Verbrechens zu suchen. Die Freunde von Anton Huber aus Studentenzeiten, Alois Angerbauer und Ignaz Weidinger, erfahren, dass Anton Huber eine Lebensversicherung abgeschlossen hat, bei der Florin Huber als Begünstigter eingetragen wurde. Die Summe von 1,5 Mio. Euro weckte Begehrlichkeiten.

Der Plan ist so einfach wie perfide. Angerbauer hätte als Testamentsvollstrecker in mehrfacher Hinsicht Zugriff auf das Geld. Als Geschäftsführer der Betreibergesellschaft und Nachfolger von Anton Huber würde er über die Geschäftskonten der Golfanlage verfügen. Und da Florian erst mit Vollendung des 27. Lebensjahres Zugriff auf die Geschäfte bekommen sollte, könnte Angerbauer Florian beliebig zu Kasse bitten, um etwaige negativen Geschäftsergebnisse der Golfanlage auszugleichen.

Um das Geld aus der Firma herauszubekommen, gründeten also Angerbauer und Weidinger durch einen Strohmann eine Firma in der Schweiz, die in Form von Rechnungen über angebliche Beratungsleistungen offizielle Belege liefert und damit erheblichen Anteil an den niederschmetternden Geschäftsergebnissen der Golfanlage hat.

Jetzt fehlte nur noch ein Killer, der für die wichtigste Voraussetzung sorgen würde, nämlich das Ableben von Anton Huber. Einen für Geld empfänglichen Täter haben sie mit Stanislaw Nowak schnell gefunden. Nowak wollte unbedingt ein Haus kaufen und tat alles, um seiner Frau zu imponieren und für die junge Familie ein aus seiner Sicht gemütliches Zuhause zu schaffen."

Bei dem Ausdruck ‚gemütliches Zuhause" stockte Reischl etwas, er erinnerte sich in diesem Moment an die im Hause Nowak angetroffene ‚polnische Wirtschaft', wie er es nannte.

Grassinger nutzte die kurze Pause und wollte wissen: „Wir haben also drei Täter, Weidinger, Angerbauer und Nowak. Aber was ist mit Frau Nowak und Franz-Peter Bergmann, der die Firma in der Schweiz gegründet hat?"

„So wie es aussieht, wird Frau Nowak kaum wegen Beihilfe zum Mord zu verurteilen sein. Und wenn sie, wie sie behauptet, erst nach der Tat von dem Mord erfahren hat, geht sie straffrei aus.

„Und Bergmann?" fragte Grassinger nach.

„Es wird Bergmann kaum nachzuweisen sein, dass er die Firma gegründet hat, um einen Mord zu unterstützen. Ich denke, im Rahmen dieses Mordprozesses hat er nichts zu befürchten. Aber die Kollegen vom Betrugsdezernat und von der Steuerfahndung werden sich wohl noch um ihn kümmern."

Reischl schaute Grassinger an und fügte dann hinzu:

„Grassinger, da sehen Sie mal, wozu sogenannte gute Freunde fähig sein können. Aber es ist zugegebenermaßen manchmal sehr schwierig, gute Freunde von falschen

Freunden zu unterscheiden. Für Anton Huber war dies ein Irrtum mit Todesfolge."

***

42

Es geschah wie von Hauptkommissar Maximilian Reischl vorausgesagt. Stanislaw Nowak wurde wegen Mordes aus niedrigen Beweggründen angeklagt und verurteilt.

Seiner Frau konnte nicht nachgewiesen werden, dass sie von dem geplanten Mord etwas wusste. Sie hatte angeblich erst nach dem Mord erfahren, was geschehen war. Der Richter hatte ausgeführt, von einer Straftat zu wissen, sei nicht strafbar. Nur schwere Verbrechen müssten angezeigt werden - und das auch nur, wenn man sie durch die Anzeige noch verhindern könne; seien sie vollendet, so sei die Nichtanzeige nicht strafbar. Bei der Vernehmung als Zeugin machte sie von ihrem Zeugnisverweigerungsrecht Gebrauch. Schließlich konnte man nicht verlangen, dass sie ihren Mann belastete.

Ignaz Weidinger und Alois Angerbauer traf es dagegen hart. Wer aus Habgier tötet, ist lt. StGB ein Mörder. Und die Strafe für Mord lautet unzweideutig auf lebenslange Freiheitsstrafe. Auch wenn Angerbauer und Weidinger davon überzeugt waren, dass ihr Plan sicher war, wollten sie kein Risiko eingehen und den evtl. Vorwurf, einen Mord begangen zu haben, vermeiden. Deshalb hielten sie die Idee, den Mord durch Stanislaw Nowak ausüben zu lassen, für genial.

Was sie nicht ins Kalkül gezogen hatten und was deswegen weniger genial war, war der Umstand, dass für Anstiftung zum Mord der gleiche Strafrahmen wie für Mord selbst gilt, jedenfalls dann, wenn bei dem Beteiligten auch das Mordmerkmal vorliegt. Und das in § 211 Strafgesetzbuch (StGB) beschriebene Merkmal ‚Habgier' sah der Richter ohne ausführliche Beweisführung sowohl bei Angerbauer als auch bei Weidinger als gegeben an. Deshalb wurden die beiden ‚falschen Freunde' von Anton Huber durch das Gericht folgerichtig ebenso verurteilt wie der Täter selbst.

***

43

Für die Golfanlage Gut Waldskofen begann nun eine neue Zeitrechnung. Alois Angerbauer und Ignaz Weidinger hatten ihre Habgier mit der Freiheit bezahlt. Stanislaw Nowak saß ebenfalls, man könnte meinen, nicht nur wegen Mordes, sondern auch wegen Dummheit. Wie konnte er nur diesen kriminellen Typen trauen? Es hätte ihm doch klar sein müssen, dass er hier nur als Werkzeug benutzt wurde. Nun war er der Haupttäter und musste dafür büßen.

Florian Huber übernahm nach der Verkündigung der Urteile die Geschäftsführung in der Golfbetreibergesellschaft. Seine erste Aufgabe war es, einen qualifizierten Greenkeeper für die Golfanlage zu finden. Mit dieser und den meisten außerdem anstehenden Aufgaben war er völlig überfordert, weil Alois Angerbauer und in der Folge auch Ignaz Weidinger alles dafür getan hatten, dass Florian jegliche Erkenntnisse und/oder Erfahrungen, die ihn befähigt hätten, eine derartige Golfanlage zu managen, erspart geblieben waren. Allerdings war er der mit Abstand beste Golfspieler des Clubs, und noch dazu Eigentümer. Das waren doch wohl, wie er meinte, die besten Voraussetzungen für eine hoffnungsfrohe Zukunft?

Es kam aber wie es kommen musste, die Golfbetreibergesellschaft steuerte wieder einmal auf eine Insolvenz zu. Es verwunderte deshalb nicht, dass ein gewisser Dr. Edwin Strobel, ehemals Präsident des GC Gut Waldskofen, unverbindlich anfragte, ob man an seinem Engagement denn Interesse habe. Er habe das Knowhow und genügend Geldgeber an der Hand, um die Golfanlage in eine sichere Zukunft bringen zu können. So, dachte sich Florian Huber, hatte es doch schon einmal begonnen? Er lehnte ab und dachte sich, das kriege ich alleine hin.

***

44

Luigi di Manta und Carlo Dolcini hatten sich zu einem gepflegten Abendessen bei Giovanni Bertoni im Restaurant 'Il Cortile' verabredet. Sie hatten Tagliatelle con Funghi bestellt, denen Giovanni mit einem Hauch Trüffel den unvergleichlichen Geschmack vermittelt hatte, den Luigi eigentlich nur aus den besten Restaurants seiner Heimat kannte. Als Hauptgang hatten sie sich für eine im Ofen gegarte Dorade auf mediterranem Gemüse entschieden, die bei Giovanni immer wieder zu einem besonderen Geschmackserlebnis wurde. Dazu hatte ihnen Giovanni einen ‚Terlaner' Chardonnay DOC 1998 aus Südtirol von der Kellerei Cantina Terlan empfohlen, der besonders gut zur Dorade passte. Den Abschluss machte bei Carlo wie immer das legendäre Tiramisu, an dem er einfach nicht vorbeikam. Anders Luigi, der auf derlei ‚Hüftgold' gerne verzichtete.

Bei Espresso und Grappa kam Luigi wie beiläufig auf die Ereignisse der letzten Wochen und Monate zu sprechen. Er hatte natürlich die Vorkommnisse um die Golfanlage Gut Waldskofen verfolgt und mit großem Interesse gelesen, dass die Freunde von Toni, die nacheinander für die Geschäftsführung der Golfanlage verantwortlich gewesen waren, und der Greenkeeper, den sie zum Werkzeug ihrer miesen Pläne gemacht hatten, nun durch richterliches Urteil für lange Zeit aus dem Verkehr gezogen sein würden. Mindestens für 15 Jahre. Luigi fand das mehr als gerecht. Auch wenn er selbst manches Gesetz zu seinem Vorteil etwas großzügig auszulegen pflegte, gute Freunde umzubringen oder umbringen zu lassen, um materielle Vorteile daraus zu ziehen, fand er nicht in Ordnung.

„Carlo", sprach er seinen Partner an, „auf dem Golfplatz Gut Waldskofen ist wieder Ruhe eingekehrt. Denkst du, unser Schuldschein über 100.000 Euro könnte noch etwas wert sein?"

„Mamma mia", ging Carlo hoch, „willst du auch noch eingesperrt werden? Lass die Finger davon! Sei froh, dass wir mit der ganzen Geschichte nichts zu tun haben."

„Aber warum denn?" Luigi wollte nicht freiwillig auf eine so bedeutende Summe verzichten. „Ich habe ja nicht vor, Agnes Huber wieder den Schuldschein zu präsentieren. Es gibt doch eine wesentlich raffiniertere Methode, an das Geld zu kommen. Du weißt doch, dass die Golfanlage jetzt von Florian Huber geführt wird?"

„Ja, natürlich, aber der Schuldschein wurde von Anton, seinem Vater unterschrieben. Da wird in der Golfanlage sicher nichts zu holen sein." Carlo hoffte inständig, Luigi würde von dieser abenteuerlichen Idee ablassen.

„Es gab vor gar nicht langer Zeit", setzte Luigi seine Erläuterungen fort, „einen Kreis von Golfern, die sich regelmäßig am Freitagabend im Restaurant des Clubhauses zum illegalen Pokerspiel trafen. Einer der aktivsten Teilnehmer war Florian Huber."

„Woher weißt du das?" Carlo war jetzt sehr gespannt. Die Information von Luigi war ja ungeheuerlich.

„Das tut jetzt nichts zur Sache. Ich habe so meine Informanten." Luigi war über Carlos Reaktion sehr erfreut. „Was hältst du davon, wenn wir Florian über einen Mittelsmann zu unseren Pokerrunden hier im Nebenzimmer einladen?"

„Wer soll dieser Mittelsmann sein?" Carlo wunderte sich einmal mehr, wen Luigi so alles kannte.

„Es ist jemand, mit dem Florian gerne Golf spielt, und der auch an den Pokerrunden im Golfclub teilgenommen hat." Den Namen wollte Luigi noch nicht verraten.

„Angenommen, Florian Huber nimmt die Einladung an, was hast du dann vor?" Carlo wollte gerne mehr über den Plan wissen.

„Also, zunächst bin ich sicher, dass er sich über die Einladung freuen wird. Von Florian Huber ist bekannt, dass er sich sehr leicht beeinflussen lässt. Und seinem Hang zum Spiel wird er ebenso wie sein Vater kaum widerstehen können. Wenn er erst ein paar Mal bei uns war, wird er uns vertrauen und wir werden ihn dann in bewährter Art und Weise erst gewinnen und später verlieren lassen. Und dann wollen wir mal sehen, ob es nicht doch einen Weg gibt, an das uns zustehende Geld zu kommen. Von der Lebensversicherung wird ja hoffentlich für uns noch genug übrig geblieben sein. Was meinst du?"

Die anfängliche Skepsis in der Miene von Carlo hatte jetzt unverhohlener Begeisterung Platz gemacht. „Das ist ein phantastischer Plan. Wann geht es los?" Carlo war kaum zu bremsen.

„Nur nichts überstürzen", versuchte Luigi zu bremsen. „Hoffen wir, dass Florian Huber zwischen guten und falschen Freunden ebenso wenig unterscheiden kann wie sein Vater."

***

So wie der Acker verdorben wird durch Unkraut,
wird der Mensch verdorben durch seine Gier.

Buddha